Musique

FSC
www.fsc.org
MIXTE
Papier issu de sources responsables
Paper from responsible sources
FSC® C105338

Édition : BoD · Books on Demand, 31 avenue Saint-Rémy, 57600 Forbach, bod@bod.fr
Impression : Libri Plureos GmbH, Friedensallee 273, 22763 Hamburg (Allemagne)
ISBN : 978-2-3225-5283-2
Dépôt légal : Décembre 2024

« Pouvez-vous attendre que la vie soit plus difficile avant de décider d'être heureux ? »

NightBirde

« Sans la musique, la vie serait une erreur »,

Nietzsche

Brooklyn Duo - canon en D (pachelbel's canon)

Avant-propos

Que serait une vie sans musique ?

La musique fait partie intégrante de notre être. Elle rythme nos pas et les battements de notre cœur. Elle favorise également la production de dopamine qui nous procure une sensation de plaisir. Elle offre contentement et réconfort. Elle agit sur notre santé. C'est un réducteur de stress et d'anxiété. Elle adoucit les mœurs et nous aide à diminuer notre rythme cardiaque. Elle est distrayante, motivante et elle est un appui important dans le sport. Elle est un vecteur de lien social et elle est également un allié indispensable tout au long de notre apprentissage de la vie, quel que soit notre âge. Elle procure de multiples sensations à l'écoute d'un opéra, d'une œuvre classique, d'une chanson d'antan ou plus actuelle, qu'elle soit de types pop,rock, rap ...

Nos émotions sont également stimulées par la nature qui nous entoure. Qu'éprouvons-nous en déambulant dans un bois quand nous prêtons l'oreille au chant d'un ruisseau mêlé à celui d'un oiseau ? Quelle sensation nous procure le clapot des vagues de l'océan le plus vertigineux ? Quel frisson parcourt notre moelle épinière lorsque le vent entonne sa chanson à plus de deux mille cinq cents mètres d'altitude ?

La musique est en chacun de nous.

La musique est en moi. Je l'ai utilisée et empruntée pour écrire ces lignes. Je vous propose de vous laisser bercer par une l'histoire où la musique est omniprésente, comme au cinéma, diégétique et extradiégétique. Écoutez et lisez cette partition de vie pour vibrer avec moi. Peut-être.

Musique (Apple) **Spotify**

Reyn - le début

Rémy, les yeux fermés, savoure autant le breuvage qu'il tient à la main que l'astre qui s'élève à sa gauche. Il est debout sur sa terrasse, dans son pyjama préféré blanc à rayure, charentaises écossaises au pied. Il profite du calme et de la sérénité que la nature lui enseigne. Il est émerveillé par le bercement du ramage des oiseaux. La légère brise ne perturbe pas l'instant. Il perçoit le bruissement des feuilles dans les arbres. Il aime ce moment de communion que lui propose le soleil. Il commence déjà à ressentir la chaleur de ses rayons. Il prend une forte inspiration avant d'ouvrir les yeux et il sourit.

Aujourd'hui, il fait beau en cette journée d'automne. Le ciel est parfaitement dégagé. Pas un nuage à l'horizon ne vient perturber sa quiétude matinale. Il ne fait pas vraiment froid mais plutôt frais, en cette période de l'année et à cette heure de la journée. Il pose un instant son regard vers le portail donnant un accès vers l'extérieur. Il se demande pendant combien de temps il restera fermé et quand il trouvera en lui la force de le passer. Il jette un coup d'œil furtif sur la maison d'en face de l'autre côté de la berge. Les volets sont toujours clos. Sa main droite joue avec la bague qu'il porte au pouce de sa main gauche.

Ce matin, le lac étincelle de ses reflets d'argent. Le temps est suspendu par la beauté de son rivage mouvant et par ses tendres ondulations. Les canards vaquent à leurs occupations. Le saule pleureur frissonne et entame une danse d'une langueur magnifique en agitant ses lianes pendantes. Certaines parviennent à caresser l'herbe humide. Au bout de chaque branche, les chatons couverts de poils argentés scintillent de perles de rosée. Un cygne, fier et digne, s'approche du bord, à quelques mètres de Rémy. Sur sa droite, le Sakura n'est plus en fleur. L'Hanami a été d'une grande beauté cette année encore.

La cloche de l'église sonne au loin et brise quelque peu cet instant magique, rappelant à tout le monde qu'il est l'heure de se mettre en route. Il quitte la terrasse puis retourne à l'intérieur se préparer. Son Smartphone dernier cri, seul objet technologique chez lui, est posé sur son canapé de cuir blanc. Pas de télévision. Ni ordinateur, ni Wifi. Il ouvre son application météo qui confirme que le temps restera inchangé tout au long de la journée. Enfin ça dépend, rien n'est moins sûr quand on habite près de l'océan et des montagnes. Il lève la tête vers le puit de lumière qui éclaire un piano placé au milieu de la pièce. Le style de son appartement se caractérise par l'absence de détail inutile. L'espace est structuré autour d'un design fait de briques et de cloisons décoratives en verres, pour ne pas briser les 120 m^2 d'habitation. Sur la gauche, la cuisine est rehaussée par une marche d'escalier.

Le quotidien, comme chaque matin, s'empare de lui. Ses gestes et ses actes sont répétés à l'identique.

Avant de s'habiller, il contourne l'îlot central pour poser son mug dans l'évier puis il se dirige vers les trois bibliothèques sphériques en bois de teck. L'une d'elle propose une platine vinyle Bang & Olufsen. Il y pose un disque. Ses mouvements sont lents et assurés. Il place délicatement le bras sur la galette. Il règle l'ampli de la même marque. Le son ne tarde pas à sortir des hauts-parleurs. La musique l'entraîne et l'aide à se préparer.

Il affectionne plus particulièrement le Jazz, John Coltrane, Duke Ellington, Dizzie Gillespie et Miles Davis. C'est ce qu'il joue le plus souvent sur son piano à queue Stenway. Rémy est un mélomane et il apprécie tous les genres musicaux. Ce matin, c'est un peu de folk. Les australiens, The Middle East, donnent le ton avec *Blood.* Le tempo lui permet de se préparer en ayant des pensées positives. Il ne prête pas vraiment attention aux paroles de cette chanson. Il en aime le rythme. Elle lui fait de l'effet mais certainement pas celui qu'il souhaite.

Ne pas me laisser envahir par mes émotions.

Son visage se ferme peu à peu, exprimant de l'inquiétude et de la tristesse : sourcils relevés et attirés vers le milieu du visage, le coin des lèvres est tourné vers le bas, les joues sont discrètement relevées et la lèvre inférieure légèrement avancée. Cette fragilité lui sied du haut de sa quarantaine. Les quelques rides au coin des yeux qui persistent à s'enfoncer un peu plus chaque jour lui vont bien. Elles sont en accord avec ses cheveux grisonnants. Ils les acceptent car elles marquent autant les signes du temps que les épreuves qu'il a dû surmonter. Elles lui offrent l'attirance et le respect. Il est charmeur, il est charmant, il le sait.

A cet instant, ce n'est pas son aspect qui le préoccupe. Son inconscient lui parle. L'émotion qui l'envahit le rend vulnérable et il n'aime pas ça. Heureusement, il est seul chez lui. Il peut ainsi laisser la mélodie le remplir sans être jugé par qui que ce soit. Il est anxieux, et comme souvent lorsque cette réaction apparaît, de sa main droite, il joue avec sa bague présente sur le pouce de sa main gauche.

Pourquoi suis-je bouleversé ?

Il laisse régulièrement sa parole vagabonder en s'interrogeant sur une action, un fait, une idée. Cette pratique lui permet de se poser des questions quel que soit l'instant, à voix haute ou basse. Pas nécessairement pour trouver la réponse juste, mais plutôt pour se permettre simplement d'avancer ou pour s'aider à passer à autre chose.

Pourquoi suis-je bouleversé ? En voilà une putain de bonne question.

Une larme coule le long de sa joue droite. Ce qui met un terme à sa réflexion. Rémy n'est pas toujours dans l'acceptation de ses émotions. Il lâche sa bague.

Passons à autre chose !

Les bibliothèques servent de cloison de séparation entre son espace de vie et sa chambre à coucher. Il passe derrière elles. Un passage par la salle de bains. Il en ressort coiffé et rasé de près, puis il prend le temps de choisir, dans le mur du placard invisible de sa chambre, les vêtements qu'il souhaite porter aujourd'hui. Être élégant et chic sans trop en faire. Chemise grise à carreau en tweed et Jean slim de chez Galliano. Pas besoin de cravate, comme toujours. Par contre, son blazer skinny en Jersey noir fera l'affaire. Ce matin, pas de petit déjeuner, le café lui a suffit. Il attrape le livre de Muriel Barbery posé sur sa table de chevet pour le mettre dans sa sacoche en cuir. Il continuera sa lecture pendant le trajet. Extinction de la platine. Il se dirige vers la porte d'entrée et comme d'habitude il reste figé un instant devant elle. Un regard sur sa gauche dans le miroir.

Je vais y arriver.

La main reste sur la poignée de la porte. Il prend une grande inspiration, puis, il sort de chez lui en prenant soin de fermer les deux verrous de sa porte d'entrée.

Il est sept heures quarante cinq minutes. Son bus arrive. Par chance l'arrêt est juste devant sa maison. Dix arrêts plus loin, direction le tram. Un bonjour furtif, un signe de tête ou de la main à ceux que l'on croise chaque jour à cette heure-là.

Une jeune femme, la trentaine, attend patiemment le tramway sur le quai.

Tiens, une nouvelle tête ! Nouvelle dans le quartier sans doute.

Le tram arrive. Il est déjà bondé. Rémy monte et reste debout en scrutant l'extérieur. Il attrape son livre et reprend la lecture pour en savoir davantage sur le destin de Renée et de Paloma. En chœur, trois étudiantes le sortent de son vagabondage vers l'ailleurs.

– Bonjour Monsieur !

– Bonjour, vous allez bien ?

– Oui ! répondent-elles. Vous allez nous parler de quoi aujourd'hui ?

– Ah ! surprise, dit-il en souriant. Ce que j'espère c'est que vous prenez plaisir à découvrir les métiers liés à cet art.

D'autres étudiants se joignent à eux, le dialogue est plaisant. Ils descendent quelques arrêts plus loin. La jeune femme aperçue sur le quai également. La mélancolie éprouvée quelques minutes auparavant chez lui s'est depuis dissipée. La discussion se poursuit autour des cours, des métiers liés au septième art, des films, de la musique, surtout du genre musical qu'il écoute, un peu éloigné des goûts musicaux de certains de ses étudiants.

Rémy est content et heureux. Il est dans un temps qu'il apprécie et il sent qu'il est apprécié. Ça lui fait du bien. Il adore ces vibrations. Son pas n'est ni trop rapide, ni trop lent mais parfaitement assuré et ponctué d'un mouvement naturel des bras. Il salue d'autres étudiants au loin et une fois entré dans l'école, il passe par la salle des profs pour y retrouver quelques collègues autour de la cafetière. Il évite le breuvage noir dont la qualité et la température ne sont pas à son goût. Ça discute, ça rigole et ça chuchote. Il reste quelques instants, pas trop longtemps non plus, pour échanger avec certains. Catherine, professeur de lettres, s'approche pour lui proposer un café comme chaque matin, qu'il refuse une fois de plus. Elle s'immisce pour se mêler à la conversation sans quitter Rémy des yeux. Elle ouvre la bouche pour faire une annonce ou proposer quelque chose mais est interrompue par la sonnerie de l'école qui joue *Tubular Bells*, rock symphonique de Mike Oldfield de 1973 et qui deviendra quelques mois plus tard le thème musical du film l'exorciste. Rémy a toujours été intrigué par ce choix musical de l'administration scolaire pour rameuter les troupes. Sauvé par le gong, la sonnerie est arrivée à temps pour ne pas subir les propositions de Catherine, qu'il trouve un peu envahissante. Il rejoint sa salle de classe numérique. Une pièce bien loin de son intérieur personnel. Une salle ultra design qui lui permet d'enseigner sa matière sur un écran tactile géant, qui remplace le traditionnel tableau blanc ou noir. Il prend le temps de tout préparer. Il est studieux et méthodique. Ses douze étudiants du moment entrent à leurs tours quelques instants plus tard. Il passera trois heures avec eux pour leur parler cinéma et peut-être leur permettre d'en apprendre un peu plus. Aujourd'hui, le cours est principalement axé sur le cadrage au service d'une narration. Il aborde les règles d'esthétique, les mouvements et les positions de caméra puis les grosseurs de plan en fonction de l'expression des personnages, des dialogues, de l'action, ou du descriptif que l'on veut donner à l'environnement. Il présente évidemment des extraits de films cultes de Truffaut, Tavernier, Leone, Spielberg, et bien entendu Hitchcock avec la célèbre scène de la douche du film psychose, découpée en soixante dix positions et mouvements de caméra sur une durée de quarante cinq secondes.

Il enchaîne l'après-midi sur un cours identique à celui du matin mais avec d'autres élèves. La journée est plaisante, avec une bonne dynamique sur ces deux groupes. Il fait preuve d'organisation et de distanciation avec les étudiants. Il adapte son discours pour personnaliser son enseignement en fonction des apprenants.

Il termine sa journée l'air enjoué et en sortant de la salle il croise Catherine qui vient à sa rencontre. Sa classe n'est pas du tout dans la même aile que la sienne. Il ne doute pas qu'elle ait fait un détour exprès pour venir le voir.

– Un verre ce soir en ville ça te dit ?

– C'est gentil, ça tombe mal mais ce soir je suis pris, lui répond gentiment Rémy en souriant et en cachant le plus possible tout air suspect pour ce mensonge éhonté.

– Ce n'est que partie remise, ajoute-t-elle avec assurance.

Il sourit sans prononcer le moindre mot.

Il rentre chez lui fourbu et content en suivant le chemin inverse qu'il a pris ce matin même.

Il salue ses voisins, qu'il ne croise qu'à de rares occasions, puis tout en fermant sa porte, une fois à l'intérieur, il croise son image dans le miroir de l'entrée. Il reste un long moment sans bouger, toujours le regard fixé sur son reflet.

Son air a changé. Il est moins allègre.

Il est seul.

Une larme coule sur sa joue.

The Middle East - blood

4 Non Blondes - what's up

Comme chaque jour, pour commencer sa journée, Rémy est devant le lac. C'est son quotidien. Et même s'il cherche à s'en détacher pour éviter le côté permanent, il ne peut pas. L'appel du lac est bien présent. Assis et adossé au tronc du saule pleureur, il reste là au côté de sa tristesse. Il s'est réveillé épuisé par une nuit agitée, harassé par cette existence, épuisé dans cette réalité morne qui le consume davantage chaque jour et par cette absence qui reste le plus grand de ses maux, à travers ce roman de vie dans lequel il a du mal à tourner les pages.

Camille lui manque.

Mais le saule remplit son devoir. Certains perçoivent le désespoir qui émane de cet arbre. Rémy n'a jamais éprouvé la moindre sensation de chagrin sous ses rameaux. Il est pour lui, à l'instar de nombreuses personnes dans différents pays, symbole de renaissance et de vivacité. Les branches tombantes s'affaissent telles des bras pleurant des larmes pour exprimer le renoncement face au temps qui s'écoule. Rémy vient puiser ici de la force et y chercher des réponses.

Il se laisse tendrement caresser par sa longue chevelure en soierie pour chasser les pensées noires au profit de perspectives bleutées et de sentiments blancs sous ce végétal éternellement vert. Il ferme les yeux pour poser son esprit et pratiquer un court instant une méditation poétique et bienveillante.

La magie opère. Le murmure du vent soupire tel le sanglot d'un violon. Les larmes des feuilles caressent la terre pour permettre à l'azur d'y insérer sa lumière. L'ombre danse et se propage aux alentours, du cerisier jusqu'au lit de roseaux près du lac. Tel un éventail, le frémissement de ses branches apporte de la douceur. Le tumulte du monde s'écarte pour laisser de la place au plus profond des silences et s'accorde enfin avec l'entendement qu'éprouve maintenant Rémy. Ce saule ne pleure pas, il s'incline pour offrir sa protection. Avec légèreté, il tend ses bras longs et feuillus, pour apporter de la force et redonner de l'espoir à ceux qui en ont besoin. Rémy ne s'y trompe pas. La vigueur de cet arbre augural et majestueux lui permet de faire face à ses sentiments et à tourner cette fameuse page. Cet arbre est son confident, son plus fidèle ami. Il entend et répond par chuchotement avec l'aide des vents les plus doux. Sous ses ailes, Rémy y trouve refuge.

Ses tourments s'évanouissent peu à peu. Il sourit. Il ouvre les yeux. Le portail est toujours fermé, tout comme la maison de l'autre côté de la berge.

Bobby Mc Ferrin - don't worry be happy

John Coltrane - say it

Les jours se suivent et se ressemblent. Les matins sont les mêmes. Rémy ne passe toujours pas par le portail donnant sur le lac. Il ne peut pas. Le trajet pour se rendre au travail est identique à celui emprunté les jours précédents. Il prend son bus quotidien, pour rejoindre le tram, qu'il attendra tranquillement sur le quai.

Tiens, la jeune femme aperçue ici même n'est pas là aujourd'hui !

Il monte dans le tram par la même porte que d'habitude et il reste debout, comme chaque jour, encore et toujours. Il ne regarde pas vraiment dehors mais son regard porte sur les paysages en mouvement. Cela lui donne l'impression d'être dans un autre monde, peuplé d'ondulations féeriques et effrayantes. Toutefois, il a besoin de penser à autre chose. Il plonge sa main dans sa sacoche pour en sortir son livre et continuer à écouter les récits de Paloma et la rencontre inattendue que Renée va faire. Cinq minutes plus tard, son attention est attirée vers sa gauche. La personne qui attendait le tram l'autre jour, cette nouvelle tête, nouvelle dans le quartier sans doute, est là parmi les autres gens, au milieu de la foule, le regard perdu vers l'extérieur, écouteurs dans les oreilles. Il reste quelques instants à la regarder, comme attiré. Il replonge dans son roman et ne voit pas qu'à cet instant précis, la jeune femme se retourne vers lui.

Il descend au même arrêt que les jours précédents. Quelques bonjours furtifs aux étudiants. Il reste un moment avec ses collègues, évite le plus possible Catherine, puis va préparer sa salle de classe. Il est studieux et méthodique. Il s'accorde un instant pour regarder vers l'extérieur. Peu de bruits malgré des étudiants qui parlent fort, s'embrassent, rigolent, tandis que d'autres sont assis, déjà exténués par la journée qui les attend et le corps épuisé par la folle soirée qu'ils ont passée la veille.

Trop de lumière, il tire les rideaux. Il ferme les yeux et écoute ce qui est presque le silence. Cela lui permet de faire appel à ses souvenirs sans tomber dans la rumination. Il n'a pas besoin de concentration pour penser à Camille. Chaque trait de son visage est ancré dans sa mémoire.

Un raclement de gorge le sort de ses pensées. Il se retourne et une ombre se tient devant la porte d'entrée de la salle restée ouverte. La lumière venant de l'extérieur de la pièce produit un effet de contre jour et la personne se trouve dans la pénombre.

– Oui ?

– Je vous prie de m'excuser, j'ai frappé mais je pense que vous ne m'avez pas entendue.

C'est une voix féminine. Il reste près de la fenêtre, elle est sur le pas de la porte.

– Je peux faire quelque chose pour vous ?

En faisant un pas en avant, la silhouette répond :

– Puis-je ?

– Oui bien sûr, entrez car là je vous devine. Je vous perçois mais je ne vous vois pas.

– Souhaitez-vous que j'allume, dit-elle en s'approchant.

– Non laissez comme ça s'il vous plaît.

Il interrompt sa phrase, car plus qu'une silhouette, son visage est maintenant éclairé par un trait de lumière.

– Vous êtes la jeune femme du tram ?

– Je vous demande pardon ?

– Non ... désolé c'est un peu abrupt mais il me semble vous avoir aperçue tout à l'heure.

– Ah peut-être. Je suis effectivement venue par ce moyen de transport.

Un silence s'installe. Ce silence qui parfois peut être dérangeant est ici agréable. Il paraît s'éterniser et pourtant ne dure que quelques secondes. Ils se regardent sans grande intensité mais suffisamment pour produire chez eux un léger sourire.

– Que puis-je faire pour vous ?

– A l'accueil on m'a envoyée ici. C'est vous qui donnez les cours théoriques pluridisciplinaires de l'audiovisuel ?

– En fait, le terme exact est "cours théoriques interdisciplinaires du cinéma".

– Ce n'est pas ce que j'ai dit ?

– En fait, la pluridisciplinarité fait appel à une juxtaposition des métiers alors que l'interdisciplinarité propose l'interaction des corps de métiers du cinéma entre eux, et uniquement du cinéma. Pas de l'audiovisuel.

– Wahou ! Bref avec vous on parle cinoche ?

– Oui c'est ça, répond Rémy. Alors vous êtes ?

– Émilie Jones.

– Nouvelle étudiante ?

– Oui.

– Bien.

– J'intègre la formation en candidate libre via une Validation des Acquis de l'Expérience.

– Ah ! On ne m'a pas prévenu. Soyez la bienvenue. On s'assoit ? Nous avons dix minutes avant l'arrivée des autres étudiants. Faisons connaissance ? Parlez-moi de vous.

Ce qui se passe ensuite est digne d'un écrit scénaristique des plus captivants. Émilie a un débit de parole impressionnant. Elle fait valser les mots les plus simples, pour ne pas dire simplistes, de la langue française. Sa façon de parler embellit chaque mot. Rémy écoute ce monologue. Elle n'aborde pas sa vie personnelle mais évoque plutôt son passé scolaire et professionnel, son présent et les raisons de son arrivée dans cette ville depuis un mois, à trente cinq ans et pourquoi elle a choisi de suivre cette formation. Elle parle de ce qu'elle souhaite, de ses objectifs et de ses projets. Il ne l'interrompt pas. C'est elle qui décide de lui passer la parole.

– Et vous ?

– Pardon ?

– Vous avez dit : faisons connaissance. Alors dîtes m'en plus sur vous.

Sauvez par le gong, comme hier, Mike Oldfield rameute les troupes et les étudiants entrent les uns après les autres dans la salle.

– Une autre fois peut-être, répond Rémy troublé.

– Oh mais vous ne vous en tirerez pas comme ça !

Il se lève pour s'adresser à l'ensemble des étudiants.

– Bienvenue à tous ! Installez-vous s'il vous plaît. J'espère que tout le monde est en forme. On accueille Émilie parmi nous.

– BONJOUR EMILIE, reprennent les étudiants en chœur.

– Bienvenue. Aujourd'hui nous allons parler musique. On abordera la musique diégétique et extradiégétique.

– Je peux lire l'étonnement sur vos visages. Pas d'inquiétude, vous commencez à me connaître, je vais tout vous expliquer. Du moins je vais essayer.

– Abdellatif, tu écoutes quel genre de musique ?

– Du RAP principalement.

– Ok, dans des films, tu en as déjà entendu ? Tu as certainement une référence ?

– Plusieurs vous voulez dire. « Something from Nothing » documentaire de Ice-T, le Biopic « Notorious B.I.G », « Réussir ou Mourir » avec 20 Cents, « Comment c'est loin » de et avec OrelSan et bien évidemment « 8 miles ».

– « 8 miles » de Curtis Hanson avec Eminem. Ce style musical fait partie intégrante du film car il est utilisé en fond sonore autant en diégétique, lors des joutes oratoires, qu'en extradiégétique, c'est-à-dire extérieur au plan, lors des musiques d'ambiance par exemple. Si je vous dis Monty Norman, ça vous parle ?

Silence dans la salle, interrompu par Rémy qui se met à chantonner :

– Don DonGue Dong Dong, Don Don Don Don DonGue Dong Dong, Pa la Pa la Pa la la.

– James Bond s'écrie quelques étudiants.

– Mais je croyais que c'était John Barry qui avait composé cette musique, précise l'un d'entre eux.

Émilie sourit et commence à se prendre au jeu.

– L'arrangement et l'orchestration sont de John Barry et il a également composé des musiques de films comme « Out of Africa », « Danse avec les loups », « Chaplin ».

Tous les étudiants sont à l'écoute, certains prennent même des notes, dont Émilie, à qui, de temps en temps,

Rémy jette un petit coup d'œil, pour vérifier si elle accroche. Il leur parle entre autre de Henry Mancini, Bernard Herrmann, Rachel Portman, Ennio Morricone, Hans Zimmer, François de Roubaix, Michel Legrand, Eric Serra et Alexandre Despla. Mais également de John Williams qui est le grand compositeur attitré de Steven Spielberg et génial narrateur pour ses thèmes musicaux en fonction des personnages dans Star Wars.

Pendant trois heures Rémy parle des diverses façons d'utiliser la musique dans différents films. Il aborde leur importance dans la narration, en fonction de l'atmosphère que le réalisateur veut donner à son film. Elle peut servir de transitions entre deux séquences et être vecteur d'émotions intenses surtout si la scène est dépourvue de dialogue.

Mike Oldfield intervient une nouvelle fois pour mettre un terme au cours. Il conclut en proposant aux étudiants de continuer à écouter des films à travers la musique qui les accompagne en soulignant :

– Je vous propose de rechercher à la médiathèque un film de Charles Le Bargy et André Calmettes qui se nomme l'Assassinat du duc de Guise. La musique de ce film, qui date de 1908, est la première bande originale écrite spécialement. Elle est signée Camille Saint-Saëns.

Le nez dans son cartable pour ranger ses affaires, il se redresse en entendant : « Merci ». Émilie est devant lui, bras croisés.

– Alors comment ça s'est passé ?

– Bien, vraiment très bien. On peut percevoir une culture musicale très riche chez vous. Intéressant de parler musique dans un cours sur la culture cinématographique.

Il prend un papier et griffonne un numéro, avant de le lui tendre.

– Tenez, c'est mon numéro de téléphone.

– Déjà ? répond-elle avec légèreté. Quelle entrée en matière.

– Ne vous méprenez pas, je le donne à tous mes étudiants. Si vous avez la moindre question, n'hésitez pas et retenez bien que c'est moi qui suis à votre disposition et pas le contraire. Vous ne me devez rien. C'est votre formation, votre apprentissage, à votre rythme.

– Ok ! Merci, c'est plaisant à entendre répond Émilie.

– Je vous dis à demain, précise Rémy.

– Oui et même si nous avons été interrompus tout à l'heure, j'ai toujours envie d'en connaître un peu plus sur vous.

Tout en la regardant s'éloigner, Rémy esquisse un léger sourire, doublé d'étonnement et de perplexité.

Miles Davis - So what

Raphael Gualazzi - reality & fantasy

Rémy est posé sur sa terrasse, café à la main. Il contemple le lever du soleil et sa réflexion sur le lac. Rien ne bouge. Pas un souffle de vent ne vient perturber la quiétude matinale. Le week-end commence, l'air est doux et propice pour flâner toute la journée.

Que faire ? Pourquoi je me pose cette question puisque de toute façon je ne vais pas bouger d'ici.

Son regard est tout à coup attiré par le pétale d'un arbre voisin qui a décidé de se libérer de l'emprise qui le rattachait à sa fleur. Ce n'est pas le mouvement de l'air, toujours absent pour le moment, qui l'a incité à cette séparation. Il s'est détaché avec grâce pour se laisser bercer doucement, porté par la seule envie de danser. Il virevolte quelques instants, monte puis redescend devant Rémy, pour subir indéniablement l'attractivité et la gravité et se poser délicatement entre ses pieds.

Une canne passe devant lui et n'est pas tout à fait seule. Elle est suivie de ses petits, nés il n'y a pas très longtemps. Les canetons font des efforts importants pour suivre le rythme imposé par leur mère. Rémy en compte quatorze. Il sourit. Il y a de la vie ici.

Il est sept heures. La journée s'annonce magnifique, il est hors de question de se laisser abattre.

Allez bouge toi Rémy ! pense-il. *Il est encore temps pour toi. Aujourd'hui c'est jour de marché et ton frigo est vide.*

Il jette un coup d'œil furtif sur le petit portail toujours fermé. Une jeune femme, casquette vissée sur la tête passe devant en courant d'un pas léger et dynamique. Il rentre.

J'y vais.

La résolution est non réfléchi et presque irrationnel pour lui. L'indécision prend le dessus et compromet son bien être.

Mais non je ne peux pas ! Mais si je peux ! Je ne m'attarde pas. Juste un aller-retour.

Il prend le temps de se préparer, reprend un café, se ravise, décide de se mettre au piano, d'écouter de la musique. Il se change trois fois, se résout à y aller quand même et décrète l'instant d'après de ne pas bouger d'ici.

Puis, enfin, panier à la main, il se retrouve face au petit portail. Il reste devant pendant un long moment sans la possibilité de l'ouvrir et d'aller au-delà. Il s'écoule de nombreuses minutes avant qu'il puisse le franchir, non sans difficulté. Son cœur s'emballe. Il regarde au loin la maison d'en face. La jeune femme à la casquette passe une nouvelle fois. Il ouvre le portail.

Il suit les berges aménagées. Il croise les promeneurs et les adeptes du footing matinal. Un peu plus loin, un groupe de personnes d'un âge certain, suit un cours de Tai Chi avec plus ou moins de facilité. L'équilibre précaire de certains amuse Rémy. Il sourit.

Ce n'est pas bien de se moquer.

Il arrive au marché, plutôt fier d'avoir arpenté les berges. Il déambule un peu avant de choisir ses produits et prendre le parti entre le besoin et l'envie. Il souhaite s'attarder. Il flâne, il hume les parfums, il regarde avec plus d'attention les étals, il écoute les commerçants vanter leurs produits et proposer à certains clients de les aider et à d'autres de se servir eux-mêmes. Il sillonne les allées de ce marché avec calme et sérénité. Il remplit son panier de produits locaux, à part les fruits, car la région n'est pas très propice à leurs cultures. Ils proviennent de départements voisins ou de l'autre côté de la frontière, derrière les montagnes.

Il y a tellement longtemps que Rémy n'avait pas franchi ce portail. Bien des années qu'il ne s'était pas rendu au marché en passant par les berges. Quand il croise une personne, c'est sur le chemin du travail et il la salue généralement sans entamer le moindre dialogue. Aujourd'hui tout à l'air différent et cette impermanence ne l'effraie pas. Il discute avec ses voisins, dont la plupart sont à la retraite. Ce sont des conversations autour du temps qui passe, de la météo, des actions du maire plus ou moins appréciées et des touristes qui ne vont pas tarder à arriver. Avant de rentrer, il décide de prolonger le plaisir, et de se poser à la terrasse du « café du lac ». Il se laisse tenter par un double expresso. Il ne consomme pourtant jamais de café en dehors de chez lui. Un peu de fantaisie dans cette réalité ne peut pas faire de mal. Le soleil continue son ascension. Rémy chausse ses lunettes et prend plaisir à regarder les gens passer devant lui et à leur inventer des histoires.

Un vieux Monsieur avec une canne avance d'un pas assuré et rumine dans sa barbe. Impossible de percevoir ce qu'il se dit mais il n'a sans doute pas trouvé ce qu'il souhaitait au marché ou alors il a oublié son porte monnaie et il rebrousse chemin.

Un couple, la quarantaine, sans enfant, bras dessus, dessous. Sans aucun doute un nouveau couple. Ils ont dû faire connaissance grâce à une appli de rencontre.

Une mamie tire son caddie rempli de victuailles pour le repas qu'elle va préparer pour ses enfants et ses petits enfants qui vont venir la voir aujourd'hui ou demain.

Un enfant à vélo, avec sa grande sœur à ses côtés pour prendre soin de lui en cas de chute et une maman, dix pas en arrière qui lui crie de rouler moins vite.

Une jeune femme, celle qui est passée devant chez lui plus tôt, courant tranquillement avec une aisance respiratoire. Footing lent pour se maintenir en forme.

Elle n'en a pas besoin, pense rapidement Rémy.

Elle tourne la tête vers le café et tout en continuant à courir, son regard s'attarde un instant sur la terrasse. Elle sourit et prend la décision de changer de direction. Elle bifurque à droite et se dirige d'une foulée assurée vers les tables. Elle s'arrête devant Rémy mais le soleil ne lui permet pas de percevoir clairement son visage. Il ne reconnaît pas la personne jusqu'au moment où il entend sa voix :

– Bonjour, vous allez bien ? lui demande Émilie.

– Oh bonjour Émilie. Je vais très bien merci et vous ?

– Bien bien, je suis venue courir un peu ici.

Ébloui par le soleil, il lui demande de se décaler sur le côté.

– Ah et bien là je vous reconnais, malgré la casquette et les lunettes.

Émilie sourit et poursuit toujours debout devant lui.

– Qu'est ce que vous faites là ? Vous habitez dans le coin ?

– En effet j'habite pas très loin d'ici, lui répond Rémy. Et je viens de faire mon petit marché. Et vous, vous courez ?

– Oui, pour me maintenir en forme.

– Mais vous n'en avez pas besoin ! répond Rémy sans équivoque.

Avec l'impression immédiate d'avoir dépassé la bienséance envers une des ses élèves, il ajoute totalement déstabilisé, en baissant la tête :

– Pardon c'est déplacé.

– Mais non ne vous excusez pas. C'est un compliment et je le prends comme tel. Merci beaucoup, c'est plaisant à entendre, surtout venant de vous.

– Venant de moi ? interroge Rémy.

Émilie se sent à son tour déstabilisée.

– Oui enfin je veux dire, euh ...

Rémy sourit et la sort de ce mauvais pas.

– Ça doit être agréable de courir par ce temps.

– Oui très. Et je vais continuer. A bientôt ici ou ailleurs, dit-elle en tournant les talons et en reprenant sa course.

Rémy est un peu déconcerté puisqu'Émilie retourne de là où elle vient. Mais à peine a-t-elle disparu de son champ de vision, qu'elle réapparaît instantanément.

– Vous m'avez troublée, je me suis trompée de côté !

Rémy sourit et, sans répondre, lui indique le chemin d'un doigt furtif. Il ne la quitte pas des yeux jusqu'à ce que la distance entre eux ne le permette plus.

Il reste encore quelques instants attablé à regarder les gens passer devant lui.

Le vieux Monsieur avec sa canne repasse toujours en ruminant.

Les quadragénaires ne sont plus l'un à côté de l'autre mais elle à deux pas derrière lui.

La mamie a remplacé son caddie par un chiwawa rose underground avec une couette sur la tête.

L'enfant se retrouve à pied, avec une sœur à ses côtés qui porte son vélo et une maman furibonde.

– Franchement, tu aurais pu surveiller ton frère ! Et toi, je t'avais dit de rouler moins vite !

Rémy paie son café, qu'il n'a pas consommé et il prend le chemin du retour, une fois encore, par les berges.

Arrivé devant chez lui, en fermant le petit portail, il aperçoit Émilie courant toujours autour du lac.

Elle ne le voit pas. Il suspend un instant ses actions et reste immobile en la regardant passer.

Jefferson Airplane - embryonic journey

Angelina Jordan - bohemian rhapsody

Le temps a changé en cette fin de soirée d’automne. Une ombre épaisse s’est posée sur le lac. Rémy est assis sur sa terrasse et contemple cette nappe qui chemine lentement sur la surface de l’eau. Les particules en suspensions forment un rideau opaque qui rend la berge opposée inaccessible à la vue. Le lac est englouti petit à petit par ce voile, qui créer une frontière floue entre le réel et l'imaginaire. La lune tente timidement de percer à travers les épais nuages de vapeur, baignant le paysage d'une lumière diffuse. Les arbres, qui bordent le rivage, se révèlent à peine et sont transformés en silhouettes fantomatiques. L'air est saturé d'une humidité fraîche, enveloppant chaque souffle d'une douceur veloutée. Une tranquillité presque surnaturelle règne, comme si le temps lui-même s’était arrêté dans cette bulle de brume suspendue entre le ciel et l’eau.

Rémy aime la beauté de cet instant. La vision est altérée et les bruits plus ou moins lointains proviennent de toute part. Il réagit au moindre son par un mouvement de tête ou des yeux. Le saut d’un poisson, l’aboiement d’un chien, la cloche de l'église, une conversation inaudible, le chant des oiseaux, tous orphelins du moindre mouvement. Il pense au lac qui a peut-être besoin de se draper peu à peu de cette couverture pour ne pas montrer au monde ses faiblesses. Rémy a été si souvent dans cet état qu'il ne peut lui en vouloir. Toutefois, ce soir, il ne peut s'empêcher de mettre en évidence la dissemblance entre ce que vit le lac en ce moment même et la journée qu'il vient de passer.

Le lac a peut-être besoin de se cacher, contrairement à moi qui ai eu besoin de me montrer, d'être présent parmi la foule et d'échanger cet après-midi avec quelques voisins. Pourquoi ? Comment ai-je réussi à sortir de chez moi ? Qu'est-ce qui me l'a permis ? Ou qui me l'a permis ?

Il prend une grande inspiration.

L'humidité ambiante s'infiltre délicatement dans ses poumons. Les gouttelettes en suspensions, qu'il absorbe, dansent en lui et remplissent son être d'une matière envoûtante et mystérieuse. Ce n'est bien entendu qu'un ressenti et cet acte, totalement prémédité, lui permet de se soustraire aux questions qu'il s'est lui-même posées. C'est une porte dérobée empruntée en pleine conscience. Cependant, sans quitter des yeux l'horizon qu'il ne perçoit pas, deux questions l'envahissent à nouveau.

Ai-je tué l'homme que j'étais ? Est-ce-que je vais commencer une nouvelle vie ?

Nouvelle inspiration, les yeux mi-clos, une nouvelle sensation parcourt son corps. Il frémit, et une envie l'envahit. Il décide de rentrer pour s'asseoir devant son piano. Il ouvre le couvercle du clavier et instinctivement commence par jouer les premiers accords emblématiques de « Bohemian Rhapsody » de Queen. Il interprète, avec une intensité non dissimulée, au clavier et à la voix, l'esprit audacieux et complexe de cette chanson dans une version calme et captivante tout en honorant le charme original de l'œuvre. Ses doigts glissent avec grâce et aisance sur les touches du piano qui accompagnent, précèdent et suivent harmonieusement sa voix pour embellir l'espace. La mélodie est fluide.

Une larme coule.

Une vibration le sort de ses divagations. Pas de sonnerie mais juste son téléphone, posé sur le piano, qui le ramène à la réalité des nouvelles technologies. Il s'arrête de jouer pour regarder de quoi il s'agit.

Un texto d'Émilie : *« Êtes-vous disponible demain midi pour un verre au même endroit qu'aujourd'hui ? Quinze heures si ça vous va ? »*

Pause ... Rémy reste un long moment, assit devant son piano, son téléphone à la main, à regarder ce message. Il ne bouge plus, il regarde encore, le lit plusieurs fois, puis se décide enfin à le reposer sur le couvercle arrière du SteinWay. Il se lève pour aller se servir un verre d'eau à la cuisine. Il revient s'asseoir devant le piano pour lire une nouvelle fois le message d'Émilie. Il se relève, tourne un peu dans la pièce et finit par mettre un disque de Glenn Miller : « Pennsylvania 6-5000 ». Il retourne à la cuisine pour se servir un nouveau verre d'eau puis décide de changer de chemise. Il revient s'asseoir devant le piano pour lire une nouvelle fois le message d'Émilie. Encore.

Cette scène se répète. Il change de chemise quatre fois, finit par remplacer l'eau par une bière, ambrée bien sûr. Il échange Glenn Miller par Armstrong en passant par Didier Lockwood et Michel Petrucciani.

Trois heures sont passées depuis la réception de ce message. Rémy est debout devant sa fenêtre, sa bière à la main toujours encapsulée.

A la dernière note jouée par Gillespie et son orchestre du fameux « On the Sunny Side Of The Street », il se retourne, se dirige vers son téléphone pour répondre enfin à Émilie. Mais il n'en fait rien. Il joue avec sa bague une fois de plus. Le lac ne l'appelle pas.

Dizzy Gillespie - on the sunny side of the street

Ane Brun & Linnéa Olsson - halo

– Vivre ! C'est vrai que l'endroit ne s'y prête guère mais j'essaye tant bien que mal, au-delà de ce lieu, oui ... bien au-delà de ce lieu, de vivre ... Enfin. Oui tu as raison il est temps, poursuit Rémy en se redressant un peu du banc sur lequel il est assis. Je vais te demander de ne pas m'interrompre s'il te plait. J'ai tellement d'anecdotes à te raconter. C'est qu'il s'en est passé des événements depuis une semaine.

Rémy prend une profonde inspiration et continue sa discussion unilatérale.

– De plus, j'ai besoin de toi. Comme d'habitude me diras-tu. J'ai besoin de tes conseils, de tes lumières car il s'est passé quelque chose pour le moins déconcertant. Je m'efforce de vivre, et de trouver un sens à ma vie. Mais je n'y arrive toujours pas. Il y a une part de cette histoire qui reste inachevée. Les souvenirs, les instants partagés, les rires, les moments de complicité, ils sont bien entendu gravés à jamais... Je veux aussi te dire que je te suis reconnaissant... Bon tu le sais, et je ne m'en suis jamais caché auprès de toi, je suis toujours englué dans ce marasme. Je ne m'en sors pas. La résilience n'est pas mon fort. La peur de sortir de chez nous est toujours présente. Ça dure depuis tellement d'années... Depuis ton départ en fait... Oui je sais que tu sais. Et je sais que tu me pousses en avant... Non ! Toujours pas de psy. Pas envie. Et non ce n'est pas de l'agoraphobie comme on le croyait au départ puisque j'arrive à sortir pour aller au travail. Mais avant et après le boulot, je bloque encore. Le portail à l'arrière de la maison est toujours fermé.

Nouvelle inspiration.

– Enfin pas tout à fait. J'ai réussi à le passer hier, dit-il fier de lui. Bon Ça m'a pris du temps mais j'y suis arrivé.

Il sourit.

– Oui tu peux être fier de moi. Moi je le suis. Attends ... J'ai même pu discuter avec les voisins, flâner un peu au marché et me poser à la terrasse du « café du lac ». Non, non je ne te fais pas marcher. J'ai même pris plaisir à regarder les gens autour de moi.

Il met sa voix un peu en pause le temps du passage de quelques personnes devant lui.

– Et bien je ne sais pas. Tu crois que c'est important de rechercher comment j'ai pu vaincre cette peur ? Pourquoi j'ai pu franchir le portail ? En fait je crois que ça m'effraie de rechercher ce qui m'a permis de dompter cette angoisse. Et puis j'ai la crainte qu'elle ne revienne. Ah bon ? Tu crois qu'il n'y a pas de raison ? Oui mais c'est quand même flippant que ça arrive d'un seul coup. Il n'y a pas de déclencheur. Et bien non je n'en vois pas.

Il réfléchit.

– Non, rien n'a changé dans ma vie. Tout est rôdé et permanent. Rien n'est venu troubler mon existence.

Il réfléchit encore.

– Pas d'événement non plus professionnellement. A part une nouvelle étudiante qui ...

Il s’interrompt.

– Non ! Ça n’a rien à voir... Ah bon, tu crois ? Non ! Bon il est vrai que je suis impressionné par sa détermination à se confronter à ses défis personnels. Oui, ça m’a touché et c’est absolument inspirant à la fois professionnellement et personnellement mais pas au point de déclencher ma capacité à passer la porte ... enfin, le portail. Elle est plutôt dynamique et pleine d’entrain, et ...

Il s’interrompt une nouvelle fois.

– Non mais restons zen, si tu veux bien. Tu sais parfaitement que je ne recherche rien ni personne et que même si elle est bien plus âgée que la moyenne de mes étudiantes, je suis son professeur ... Si elle est jolie ? Mais ce n’est pas le propos. Ah bon ? Tu me sens troublé ? Et bien tu te trompes. Aucune transformation de ce côté là. Être impressionné par quelqu’un ce n’est pas obligatoirement être troublé. Oui, c’est vrai je t’ai dit qu’elle m’inspire, par ses comportements, ses objectifs, sa volonté ... Non, je ne me sens pas influencé.

Rémy pose une fois de plus sa voix, le temps d’un nouveau passage devant lui. Cette fois-ci c’est une dame seule qui le salue avec courtoisie et que Rémy salue en retour.

– Si je la vois en dehors de l’école ? Evidemment non ! Mais figure toi que je l’ai rencontré hier. On s’est croisé au café. Comment ça juste avant ? Ah ! Qu’est ce je faisais avant de sortir de la maison ? Et bien j’étais sur la terrasse devant le portail et je regardais les eaux calmes du lac et une canne qui glissait gracieusement suivi par une file de canetons.

Rémy ferme les yeux pour revivre ce moment.

– J'ai toujours été impressionné de voir que les cannes sur ce lac pouvaient couver jusqu'en septembre. C'était adorable de voir les petits se démener pour suivre leur mère en créant de petites vagues dans leur sillage. La tranquillité du moment m'a peut-être inspiré à sauter le pas et à franchir le portail. Il n'y avait pas de bruit mais malgré tout, un peu d'activité autour du lac car il y avait déjà les adeptes du footing matinal dont cette femme, casquette vissée sur ...

Cette dernière phrase, Rémy, les yeux de nouveau ouverts, la prononce avec un rythme plus lent et une intonation descendue. Tout en disant cela, il se rend compte que cette femme était Émilie.

– Non ! Tu sais bien que je n'y crois pas une seconde. Mon subconscient a peut-être vu Émilie ... Oui elle s'appelle Émilie ... Mais en aucun cas, il m'a poussé dehors pour la suivre. Bon admettons c'est un fait mais pourquoi ? Ah bon on se fiche du pourquoi ?

Rémy lève la tête pendant quelques secondes pour suivre du regard un corbeau qui croasse.

– Non je n'élude pas la question. Tu penses vraiment que mon subconscient a reconnu Émilie qui passait devant moi, que cela a provoqué un déclic libérateur, le déchirement du voile, l'accès au portail et que inconsciemment je l'ai suivie ? Comment ça le lâcher prise ? Euh !

Rémy prend un temps pour réfléchir.

– Bon, maintenant qu'on en parle, je dois reconnaître que depuis qu'elle est arrivée dans mon cours, j'ai arrêté de me triturer l'esprit et je me rends compte maintenant que ce que je prenais pour du renoncement face à l'illusion de contrôle est en fait une ouverture de la part de mon inconscient à trouver des solutions pour me sortir de là. Ce que je veux dire c'est que depuis quelques temps j'ai arrêté la conception réfléchie au profit du concept : « je passe à autre chose ». Et ça de manière inconsciente.

Un couple passe une fois encore devant lui, lui permettant de réfléchir un instant de plus.

– Je fais quoi maintenant ? Parce que ...

Bon ...

Elle m'a quand même envoyé un message hier pour que l'on aille boire un verre ! Ben non je n'ai pas encore répondu. Tu crois que je dois répondre ? Oui mais si je le fais je réponds quoi ? Tu crois que je dois répondre. Oui, Non ! Tu me dis que je dois répondre. Mais c'est impossible. Oui, je me rappelle très bien que tu m'as demandé de vivre ma vie et d'en jouir pleinement. C'est une de mes étudiantes, même si elle a trente cinq ans, Qu'est ce que je ressens ? Ben je ne sais pas ! Ce dont j'ai envie ? Je n'en sais rien ! Qu'est ce que je risque ?

Rémy ne répond pas à cette dernière question et fait une nouvelle pause. Il lève la tête et attrape son téléphone pour écrire : « Désolé de vous répondre si tardivement. Je ne crois pas que cela soit judicieux ». Il pose le téléphone et reste les yeux rivés dessus jusqu'à ce qu'il s'éteigne pour se mettre en veille. Il tourne de nouveau son regard face à lui mais, il est vite interpellé par une vibration à ses côtés. Il se retourne et sans le toucher il peut voir la réponse d'Émilie sur l'écran de son téléphone : « Ok. A demain en cours ».

Rémy se lève enfin de ce banc sur lequel il était assis depuis plus d'une heure. Il s'étire un peu sans dévier son regard devant lui.

– Tu m'as vraiment été, comme d'habitude, d'une aide précieuse. Souhaites moi bonne chance. Ah ! Encore une chose. Le lac ne m'appelle plus.

Il se retourne et lentement s'éloigne de la dalle funéraire devant laquelle il était jusqu'alors.

Lewis Capaldi - someone you loved

Tom Waits - cold cold Ground

– Quelle que soit la période, le style vestimentaire ou musical : pop, folk, glam rock, soul et j'en passe et peu importe ses deux alter-ego, Major Tom et Ziggy Stardust. Nous devions aborder, en ce jour, la post-production et le montage. Mais aujourd'hui, David Robert Jones, dit David Bowie, est mort. Il est..., désolé je ne peux me résoudre à parler au passé, un artiste accompli : Peintre, Musicien, Chanteur et Acteur, pour certaines de ses activités. Si vous êtes d'accord, je souhaiterais que l'on se penche pendant une petite heure sur les choix qu'il a fait tout au long de sa carrière d'acteur.

Les étudiants acquiescent.

– Dans quel film l'avez-vous vu ? demande Rémy.

Les étudiants cherchent une réponse dans le regard des autres. Au fond de la salle, une main se lève.

– Furyo ! propose Émilie.

– En effet, merci ! Furyo de Nagisa Oshima. Il joue un soldat anglais prisonnier des japonais en 1942.

S'approchant de son ordinateur, il lance un diaporama présentant des affiches de films.

– Dans le désordre, voici quelques films dans lesquels il est apparu : « le Prestige » de Christopher Nolan, «Labyrinthe» de Jim Henson, « Les Prédateurs » de Tony Scott avec Catherine Deneuve et Susan Sarandon, « Twin Peaks » de David Lynch, « La dernière tentation du Christ » de Martin Scorsese dans lequel il joue Ponce Pilate, ou encore « Basquiat » de Julian Schnabel dans le rôle d'Andy Warhol et « Série noire pour une nuit blanche » de John Landis. Je pourrais vous en présenter des dizaines d'autres dans lesquels il jouait son propre rôle comme dans « Moi, Christiane F... 13 ans, droguée et prostituée » ou encore dans « Arthur et les Minimoys » pour lequel il prête sa voix pour le rôle de Maltazard. Ses rôles au cinéma sont à l'image de sa musique : Éclectiques, ambivalents, « caméléonesques » et magnifiquement non-genrés depuis ses débuts d'acteurs et de musiciens. C'est un artiste accompli. Oui je me répète car ils sont peu nombreux. Si nous restons dans le domaine du cinéma, il est un des rares acteurs à pouvoir se glisser dans la peau de personnages différents, pour des films qui le sont tout autant : guerre, comédie, péplum, fantastique, policier, comédie musicale, etc ... Il en est de même pour sa musique.

S'installe petit à petit entre Rémy et ses étudiants, un dialogue autour d'interprètes pouvant jouer tous les rôles que le cinéma peut leur proposer. On parle principalement d'artistes français ct anglais. Ces actrices et ces acteurs qui ont su ne pas tomber dans un genre de rôle que l'on a souhaité leur imposer.

Rémy ne résiste pas, à la fin du cours, à proposer d'écouter Ashes To Ashes de David Bowie. Et malgré les plus de quatre minutes vingt secondes de la chanson, les étudiants, qui pour la plupart découvrent cette œuvre, restent assis jusqu'à la dernière note et sortent de la salle, enjoués. Émilie, comme souvent, est la dernière à sortir. Rémy n'a pas encore perçu que c'est toujours le cas. Elle l'interpelle.

– Je souhaitais m'excuser et j'espère ne pas avoir fait une erreur en vous envoyant ce texto.

– Pas de souci, lui répond-il.

Émilie sent bien qu'il n'a pas envie de s'étendre sur le sujet et donc change de propos pour continuer malgré tout à converser.

– Ça vous fait quoi la mort de Bowie, lui demande-t-elle.

– C'est la perte d'un artiste immense et de grand talent.

– Ça fait chier le crabe dit Émilie.

– Pardon ? répond Rémy.

– Le cancer. Quand est-ce-que ça va s'arrêter ?

– Ah Ça ! C'est une question fondamentale. Tout le monde devrait se la poser. Pour ça il faut dès maintenant changer notre mode de vie. Arrêter le tabac, l'alcool et apprendre à s'alimenter différemment. Il faut stopper la pollution, ne pas produire à outrance et donc arrêter la consommation de produits dangereux. Il faut se protéger du soleil et des substances chimiques nocives, puis avoir une activité physique importante. Mais avec toute la bonne volonté du monde, si les nouvelles générations appliquent tout cela le risque sera faible mais non nul. Désolé c'est un discours un peu paternaliste ...

– Mais réaliste, ajoute Émilie en lui emboîtant le pas.

– Les chercheurs cherchent à guérir les effets. Pourtant on connaît les causes mais on ne cherche pas à les stopper. Ou on ne le souhaite peut-être pas.

– Je trouve que le cancer remet en question la nature de la souffrance, la résilience de l'esprit face à l'adversité et la quête incessante de sens dans l'existence.

– Là est toute la fragilité de la condition humaine. Le cancer est omniprésent dans nos vies. Nous avons tous une connaissance qui n'a pu triompher de cette maladie.

– Ou un proche qui se bat chaque jour pour vaincre ce fléau et qui ne souhaite pas de compassion parfois trop envahissante.

– En effet, poursuit Rémy. Alors comment l'accompagner sans qu'émerge la nécessité de l'empathie. Le soutien moral est une chose importante, mais il ne faut pas le faire parce que l'on croit uniquement à une lueur d'espoir.

– C'est sans doute, dans ces moments difficiles que la philosophie de la vie, la compréhension de notre propre vulnérabilité et l'appréciation des moments présents, prennent tout leur sens. Profiter de ce qu'il y a de plus important chaque jour : Vivre aujourd'hui. La vie est un cadeau et ce n'est pas pour rien que ça s'appelle un présent. Alors vivons là au présent.

Rémy ne répond rien. Il est impressionné devant ce bon sens même si pour lui c'est difficile de vivre pleinement chaque jour.

– Certaines personnes peuvent avoir des difficultés à avancer. Parce que des évènements compliquent leur existence.

– Donc il faut qu'ils s'entourent d'objets, de lieux, de gens qui les aident à avancer. Vous ne croyez pas ?

Rémy sourit.

– Si. Vous avez raison.

– Désolée mais je ne pourrai être là lors de votre prochain cours. J'ai un rendez-vous médical que je ne peux pas repousser.

– Rien de grave j'espère ?

Émilie répond par un hochement de tête de droite à gauche.

David Bowie - under pressure

Billy Paul - me and mrs Jones

Le « café du lac » est rempli de jeunes gens et de moins jeunes. Attablé au fond de la salle, Rémy lève de temps en temps la tête, pour suivre du regard deux retraités parler du match d'hier ou un couple qui entre pour venir se poser tranquillement dans un coin. Il réagit également aux dialogues devant et derrière le bar. Il est parfois interpellé par le rire d'une jeune fille ou par l'interjection moins glorieuse d'un garçon. Ça parle, ça chante, ça rit, ça vit. Il ne sent pas encore les ailes lui pousser dans le dos mais il est fier de lui d'avoir pu affronter le monde au-delà des frontières de sa maison ou de l'école. Il prend le temps de ressentir la vie autour de lui. Posés sur la table, devant lui, un café, un cahier et un stylo. De temps en temps il prend des notes, pour écrire discrètement ce qu'il voit, ce qu'il perçoit, ce qu'il entend.

– Bonjour !

Rémy sursaute un peu. Il était justement en train d'écrire et n'a pas vu Émilie entrer. En fermant son cahier :

– Oh bonjour. Désolé je ne vous ai pas vue arriver. Décidément à chacune de nos rencontres vous me surprenez.

– Surprise ! dit Émilie avec un peu de malice dans la voix, ce qui évidemment fait instantanément sourire Rémy.

Contrairement à la tenue qu'elle portait ici même, elle arbore, aujourd'hui, des vêtements moins sportifs mais tout aussi décontractés : Jean, baskets et casquette irlandaise.

– Vous préparez vos cours ?

– Non juste quelques notes. Des gribouillages.

Il découle, de ce court échange, une pause qui paraît durer une éternité et des regards qui proposent à chacun de reprendre la parole.

– Et bien je vous laisse à vos écrits, dit Émilie en brisant le silence qui tourne au malaise.

Rémy lui sourit sans mot dire. Il n'en n'aurait pas eu le temps car Émilie poursuit.

– Vous attendez quelqu'un ?

– Non !

– Parfait, lui répond-elle instantanément en attrapant une chaise pour s'y asseoir.

– Assoyez-vous, je vous en prie, propose Rémy avec surprise.

Elle prend place face à lui.

– Je crois que vous êtes la seule personne que je connaisse qui emploie « Assoyez-vous » plutôt que « Asseyez-vous ».

– Oui je suis un cas à part. Je me fais soigner depuis des années mais rien n'y fait. A ce propos comment allez-vous ?

– Je vous demande pardon ?

– La dernière fois que l'on s'est vu, vous m'aviez dit avoir un rendez-vous médical.

– Ah oui, c'est vrai. Merci. Tout va bien.

S'ensuit, à nouveau, un silence entre eux, un tout petit peu pesant, brisé par Émilie :

– Vous avez une belle maison, en tout cas vu de l'extérieur. Ce cerisier, quand il est en fleur, doit être splendide !

Rémy est abasourdi et décontenancé par cette phrase et l'assurance d'Émilie, d'autant qu'il pensait qu'elle ne l'avait pas vu.

– Je croyais ... ! Rémy n'aura pas le temps de finir sa phrase, qu'Émilie poursuit avec espièglerie :

– Et oui, c'est comme dans le tram. Il serait peut-être temps Rémy de vous rendre compte que les femmes sont en capacité de faire plusieurs choses en même temps et qu'elle possède en plus des yeux derrière la tête.

– Rémy ? lui répond-il interloqué.

– On est en dehors de l'école et avec votre permission, Rémy *(en appuyant bien sur ce mot)*, je souhaiterais vous appeler par votre prénom. Vous m'appelez bien Émilie, vous.

– Oui mais ça n'a rien à voir ...

– Moi je pense que si.

– Moi je pense que non.

– Mais si vous préférez m'appeler Mademoiselle Jones ?

– Ah si c'est votre choix et bien en effet je peux ...

– Non ce n'est pas mon choix Rémy.

– Vous êtes tenace Émilie.

– Ah ça c'est sûr Rémy. Allez, parlez moi de vous ?

– Ah bon ?

– Et oui. Rappelez-vous de notre première rencontre. A ma question parlez moi de vous, vous m'avez répondu : « *Une autre fois peut-être* ». Donc dites m'en plus sur vous.

– Vous ne me lâcherez pas, hein ?

– Non ! lui répond Émilie toujours avec son petit air facétieux.

– Alors, j'ai quarante cinq ans ...

– Dix de plus que moi.

– Je suis célibataire ...

– Ah bon pourquoi ?

– Trop tôt comme question.

– Oui pardon, je vous laisse continuer.

– Je vis au bord du lac ...

– Ça je le sais déjà. En coupant une fois de plus Rémy. Pardon, je me tais, je me tais, je me tais.

– J'ai suivi un cursus classique dans une école de cinéma. Mais je n'étais, et je ne le suis toujours pas, assez doué pour être réalisateur, technicien, opérateur, monteur ou acteur. Par contre transmettre ma passion, ça, je sais faire. J'ai de plus une deuxième passion : la musique.

– Je peux poser une question ? demande Émilie en poursuivant sans attendre la réponse. Quel genre musical ?

– Tous les genres. Mais j'affectionne particulièrement le Jazz.

– Vous jouez d'un instrument ?

– Vous avez dit une !

– Pardon ?

– Vous m'avez demandé si vous pouviez poser UNE question, précise Rémy en levant son index en l'air.

– Mais vous ne m'avez pas répondu.

– Je n'en ai pas eu le temps.

– Alors ? Vous jouez d'un instrument ? continue Émilie en souriant.

– Vous n'aimez pas perdre.

– Je n'aime pas céder.

– Oui, je joue du piano.

– Depuis longtemps ?

– D'aussi loin que je m'en souvienne, depuis toujours.

– Vous vous produisez ?

– Oui. Chez moi.

– J'espère vous entendre un jour. Enfin je veux dire, pas obligatoirement chez vous. Heu !!!

Elle attrape la tasse de café posée devant Rémy et la porte à ses lèvres.

– Mais il est froid votre café ? On dirait même que vous ne l'avez pas commencé ? Ça vous dit de boire autre chose ?

– Oui, je m'en occupe. Vous voulez quoi ?

– Une bière ambrée.

– Vous buvez de l'ambrée ? Rare sont les femmes qui boivent de l'ambrée.

– Oui je suis une rareté.

Ça je veux bien le croire, pense Rémy en se levant pour aller au bar.

– C'est moi qui invite, lui dit Émilie en se levant plus rapidement que lui et en le précédant. Elle revient une minute plus tard avec les bières et deux verres.

Elle se sert une partie de la bière. Elle ne penche pas le verre calice au moment de servir ce qui a pour effet de produire de la mousse.

– Vous aimez la mousse, lui demande Rémy.

– Cette mousse est une protection pour éviter que les parfums et les bulles ne s'échappent trop vite. Elle joue un rôle de bouclier entre l'air et les arômes.

Émilie lève son verre accompagnée d'un : *« A la santé des boucliers ! »*

Rémy lève sa bière à son tour en direction d'Émilie et lui propose un : *« A la vôtre ! »*.

– A la nôtre.

– A l'amitié.
– A l'amour entre les êtres, répond Émilie.
Rémy esquisse un petit sourire.
– Et vous, poursuit Rémy. Dîtes m'en plus.
– Alors, je suis le fruit d'une mère française et d'un père anglais. Tous deux décédés tragiquement dans un accident de voiture.
Rémy est surpris et réagit immédiatement.
– J'en suis désolé. C'est également mon cas.
– Bon vous savez quoi, on va changer de sujet car sinon on va se croire dans un mauvais roman.
– D'accord.
La discussion est plaisante : musiques, films, projets pour elle, boulot pour lui. Ils abordent la culture, ce qu'ils aiment le plus et aiment le moins. Ils se trouvent quelques points communs.
Ça bouge autour d'eux. Les clients entrent et s'attablent pendant que d'autres sortent pour continuer l'après-midi ailleurs.
Le temps s'écoule à grande vitesse. Cinq heures viennent de passer.

Fred Hersch & Bill Frisell - my one and only love

Cat Stevens - morning has broken

Il arrive régulièrement à Rémy, de travailler sur son passé, pour ne pas effacer l'essentiel sur le fil du temps. Ne rien oublier derrière. Comme souvent, il est debout sur sa terrasse en lambris de bois blanc lasuré. Il déguste une tisane. Son regard se perd sur la berge opposée où une femme s'adonne à son jogging quotidien. Il la regarde avec un peu d'intensité afin de vérifier s'il la connaît.

Non ce n'est pas elle !

Une brise apporte une légère fraîcheur et quelques ondulations sur le lac créent une légère dynamique à la surface de l'eau. Les rides, provoquées par l'onde, cassent la plénitude du calme blanc matinal. Il est tôt, l'aurore pointe son nez et le soleil, d'un ton jaune orangé, commence à se refléter à la surface de l'eau. Au fur et à mesure de l'aube naissante, l'effet miroir donne l'impression que le lac est en feu. La beauté de ce moment, que Rémy vit assez régulièrement, le submerge toujours autant.

Arbre de vie au Tibet, symbole d'immortalité, le saule, emporté par la légère brise, agite sa chevelure pour communiquer avec Rémy et briser un peu le calme ambiant. La danse produite par ses feuillages caducs et fins attire son regard et son corps. Rémy est happé par cet arbre. Sous les longues lianes flexibles, il s'adosse à son tronc. Le dos appuyé contre l'écorce, il se laisse glisser vers le sol avec douceur, pour s'asseoir et se poser sur l'herbe. Son regard se perd, petit à petit, son esprit aussi. Face à lui, le cerisier l'appelle.

Ce cerisier du Japon, ce Sakura de la famille des Prunus, donne au printemps des fleurs roses et certains pétales préfèrent se teinter de rouge. A cette saison, cet arbre fascine les passants et les nautoniers. Ce n'est pas uniquement dû à sa couleur mais c'est également sa taille qui attire les regards. Il en impose du haut de ses douze mètres. Ce qui est très rare pour un Sakura ici, sur ces terres. Rémy connaît chaque interstice de son écorce, chaque ramification, chaque division des rameaux et chaque cerne. Ils se connaissent bien tous les deux. Ils se côtoient depuis longtemps.

Rémy brise le silence.

– Bonjour !

Evidemment le cerisier ne lui répond pas. Rémy ressent toutefois une sensation de séduction de sa part, un signe d'attirance, une envie de communication.

Pourquoi aujourd'hui ? Quel est cet appel ?

Le mot « aujourd'hui » déclenche une réaction. Et tout devient évident. Jour pour jour, aujourd'hui même, il y a trente ans. Le passé revient. Il se souvient.

————

« Le soleil est à son apogée. Le cerisier est beau, il est grand, il a déjà sa taille adulte. Camille a quatorze ans et

une robe légère. Rémy en a tout juste quinze. Il pose une échelle contre le cerisier. Pas un mot n'est prononcé. Aucun besoin de parler. Les gestes, les actes suffisent pour se comprendre. Elle monte la première et dès les trois premiers barreaux franchis, elle s'arrête, se retourne pour s'amuser du regard que porte Rémy sur sa robe. La vue qu'il a en contre-plongée le fait rougir. Il détourne la tête autant pour cacher ce fard que par pudeur et respect pour Camille. Elle le regarde avec tendresse et s'amuse de son air pataud. Rémy, quant à lui, dès le franchissement des premiers barreaux a senti glisser le manteau de l'enfance. La robe de Camille ne dévoile rien mais par le jeu des transparences, les plis du tissu laissent parfois entrevoir ce qu'elle est censée couvrir. Elle lui sourit et lui tend la main pour l'inviter à le suivre. Quelques barreaux de l'échelle franchis et quelques branches plus hautes, elle se pose et l'attend. Il la rejoint pour s'asseoir à ses côtés et ils restent quelques heures sur cette branche, pas très haute mais suffisamment, pour qu'ils se sentent libérés de l'ancrage permanent du sol. Ils se parlent peu, leurs yeux se perdent sur le lac, d'un mouvement de tête de droite à gauche. Chacun observe le paysage dans une direction opposée, jusqu'à un dernier mouvement pour que leur regard se croise et finisse en oeillade. Rémy a l'impression que le temps s'est arrêté. Elle lui prend la main et d'un mouvement lent, elle se rapproche de lui. Chaque geste que produit Camille est réalisé avec tellement de grâce et de douceur que Rémy tombe en pâmoison. Il ressent les premiers émois de cette idylle douce et délicate. Son cœur bat la chamade, et pour essayer d'en réduire les battements, il ferme les yeux afin de mieux contrôler sa respiration. Elle mène la danse. Elle penche le buste en avant. Sa poitrine vient effleurer celle de Rémy. Un frémissement résonne en chacun d'eux et leurs mamelons pointent de désir. Il ouvre les yeux. Elle est à quelques centimètres de lui, les yeux fermés et les lèvres en demande. Elle attend calme et sereine. Il prend son temps pour contempler son visage. Il la trouve jolie. Non ce n'est pas ça. Ce n'est pas le mot juste pour définir ce qu'il ressent… Belle. Voilà ! C'est ça. Il la trouve belle. Épaules en avant, il se penche délicatement vers elle jusqu'à sentir ses seins fermes contre lui. Il tressaille. Ses lèvres viennent effleurer celles de Camille. Aucun d'eux ne bouge. »

Rémy reprend ses esprits et revient au présent.

Ce premier baiser sera les prémices de nombreux autres avec Camille. Peut-être pas assez nombreux à son goût. La vie en a décidé autrement. Il n'est toutefois jamais descendu de ce jeu de transparence et l'arbre est toujours là. Ce souvenir restera à jamais marquant, beau, éternel et immuable, puisqu'à la vitesse où le temps passe, le miracle est que rien n'efface l'essentiel.

Francis Cabrel - la robe et l'échelle

The Blind Boys of Alabama - heard the angels Moan

Il y a du monde ce soir. La salle n'est pas très grande et donc se remplit assez vite. Pas de chaise, tout le monde reste debout. Le style de musique prête plutôt à bouger. L'âge moyen est de vingt-cinq ans. Rémy est bien au-dessus de cette moyenne. Il se sent un peu mal à l'aise.

Il retrouve quelques-uns de ses étudiants.

– C'est rare de vous voir hors de l'école Monsieur, lui dit Marion, une de ses anciennes élèves et qui est maintenant en quatrième année. D'ailleurs je crois que c'est la première fois.

– En effet. Je ne sors que très rarement pour ne pas dire jamais. Mais j'ai été invité par Émilie, alors une fois n'est pas coutume, j'ai décidé d'accepter.

Il aperçoit Catherine qui s'avance à grands pas dans sa direction. Il tourne les talons en s'excusant auprès de ses étudiants mais pas assez vite. Catherine est déjà près de lui.

– Bonsoir Rémy !

– Oh bonsoir, dit-il feignant la surprise. Tu es venue également.

– Ah mais moi, contrairement à toi, je ne refuse aucune invitation, lui dit-elle en souriant. Un verre ça te dit ?

– Non merci. Pas pour le moment.

– Ok ! je vais me chercher quelque chose.

Rémy se tourne vers la scène et se rapproche un peu. Il y a des instruments posés qui n'attendent que leur conjoint : une batterie, un synthétiseur, une guitare électrique et une guitare basse. Les musiciens, qui étaient au fond de la salle jusqu'à présent, plus près du bar que de la sortie, entrent sur la scène. La lumière est ajustée et plonge la foule dans une semi-obscurité. Les spectateurs réagissent immédiatement. Le brouhaha fait place aux cris d'encouragement. Seule la scène reste pleinement éclairée. La batterie donne le tempo. Quelques notes de musique s'élèvent dans l'air, enveloppant la salle d'une énergie contagieuse. Par une porte dérobée, des claps se font entendre. Dans la salle, certains suivent le battement régulier et d'autres plus en difficulté, sont totalement à contre temps. Il y a également ceux qui ne tapent pas des mains pour une cause totalement légitime : ils ont une bière à la main. Rémy s'en amuse en regardant autour de lui. Les visages sont joyeux et ça lui fait du bien. Toujours pas de choristes en vue. Le rythme s'intensifie, les premières notes vocales s'élèvent et les chanteurs apparaissent, sur un premier chant percutant qui laisse présager une soirée pleine d'énergie.

– *« Victory is mine, victory is mine, victory today is mine ... ».*

Les voix des différents pupitres s'entremêlent parfaitement créant une harmonie dans un crescendo majestueux de sonorités. Les paroles riches et profondes, captivent l'auditoire. Sur scène la synchronisation est parfaite. Les mains fusionnent avec le rythme droite et gauche des pieds qui créer une pulsation vibrante emplissant la salle. Le chef de chœur s'installe au synthé et entonne le couplet. La performance est remarquable. Le public chargé de vibrations électriques est transporté dans un voyage émotionnel et musical intense. Rémy se régale. La chorale est constituée d'une cinquantaine de personnes. Il aperçoit Émilie au premier rang avec les soprani. Elle se donne physiquement. Elle ne retient rien.

A la fin du premier morceau les applaudissements précisent le contentement du public. Catherine vient se placer près de Rémy.

– C'est bien hein ?

Il répond par un signe positif de la tête tout en continuant à applaudir.

Lucie, une de ses étudiantes, se poste devant lui et lui tend un verre en plastique.

– Cadeau.

Il l'attrape un peu gêné par la présence de Catherine.

– C'est quoi, demande-t-il ?

– Une bière !

– Je te dois combien ?

– Non c'est cadeau. Ça fait super plaisir de vous voir ici.

– Merci. Santé.

Sans émettre le moindre son, les verres s'entrechoquent pour trinquer. Rémy se tourne malgré tout vers Catherine pour porter un toast également.

– Tu es très apprécié de tes élèves, lui précise-t-elle.

Rémy répond par un hochement de tête. Il aimerait qu'elle ne le colle pas autant. Elle reste à ses côtés tout le long du concert.

Les morceaux de gospel s'enchaînent. La musique et les chants sont dynamiques. Ça chante, ça danse, ça tape des mains autant dans la salle que sur scène. Cette harmonie musicale se termine une heure et trente minutes plus tard sur un « *heard the angels Moan* » endiablé.

Le concert prend fin et déclenche une explosion d'applaudissements, résonnant tel un tonnerre d'approbation et de gratitude. Les spectateurs agitent joyeusement les bras en criant leur admiration pour les choristes et les musiciens sans oublier le chef de chœur. Les bravos se prolongent, semblant ne jamais vouloir s'arrêter. L'ovation est à son comble et les sifflements emplissent l'air, créant une symphonie de félicitations et de reconnaissance. Les cœurs des chanteurs sont gonflés de gratitude pour cet accueil chaleureux et enthousiaste. Ils s'inclinent profondément, émus par l'honneur qui leur est fait, avant de quitter la scène sous les acclamations.

Rémy n'a pas bougé de sa place. Catherine non plus. Émilie se fraie un chemin vers sa promo. En les apercevant, elle se rapproche pour s'adresser à eux.

– On va boire un verre à côté. Vous vous joignez à nous.

– Oh oui avec plaisir, répond Catherine avec enthousiasme tout en se collant à Rémy pour être à son bras.

Émilie est un peu déconcertée par cet élan mais comprend vite la situation lorsque Rémy répond :

– Non, ce n'est pas pour moi, merci, dit-il en se dégageant avec beaucoup de calme et d'assurance. Je vais rentrer.

– Quel rabat-joie celui-là, répond Catherine. Bon ben moi je viens, en se tournant vers les autres étudiants pour les suivre.

– Merci beaucoup Émilie, c'était vraiment bien. Quelle énergie, quelle vivacité, quelle fougue !

– C’est cette musique qui veut ça. Et de toute façon le Gospel ne peut pas se chanter sans bouger derrière un pupitre avec des partitions.

– Oui mais même la choriste en fauteuil roulant avait une ardeur et une puissance folle.

– C’est vrai. C’est la magie de ces chants. Moi j’en ai besoin. Ça rend vivant. Allez Rémy, venez. C’est le week-end demain. Il n’y a pas cours.

– Non c’est gentil je vais y aller.

– Même pour moi ? questionne Émilie en faisant la moue.

– Ça c’est pas cool. Non vraiment. Une autre fois promis.

– Ok je n’insiste pas. Contente que ça vous ait plu, précise-t-elle en rejoignant le groupe prêt à continuer à faire la fête.

Rémy se dirige vers la sortie l’air enjoué, tranquille et serein sans remarquer qu’Émilie le suit du regard et que Catherine ne perd rien de la scène.

Il rejoint l’arrêt le plus proche qui le ramènera près de chez lui. Tandis qu’il est tranquillement en attente sur le quai, de façon inattendue une main, arrivant par derrière, s’insinue entre son bras et sa hanche. Émilie se met à côté de lui. Elle lui sourit. Il ne la repousse pas.

– Vous n’avez pas le droit d’être seul par une soirée pareille.

– C’est gentil mais ...

– Vous êtes attendu ...

– Non !

– Et bien moi non plus.

– Mais vous vouliez aller boire un verre avec les autres.

– J’ai changé d’avis. Et oui c’est toute la complexité des femmes. La plupart des gens n’aiment pas changer d’avis. Moi je considère que j’ai ce droit donc je me l’octroie. Je suis certaine que je vais passer une meilleure soirée en votre compagnie. Qu'en pensez-vous ?

Il sourit face à l'audace dont fait preuve Émilie.

– A choisir entre être seul et aller boire un verre avec vous, je pense que le choix est facile.

– Parfait ! On va chez moi ou chez vous ?

Sans dégager le bras d'Émilie, toujours agrippée au sien, Rémy a un léger mouvement de recul pointé d'étonnement.

– Oh ça va je rigole ! Si vous pouviez voir votre tête.

Il sourit.

– Ah c'est mieux. Tenez regardez en face, ça à l'air bien, lui propose-t-elle d'un mouvement de tête.

Le bar est animé, baigné d'une lueur diffuse faisant scintiller les verres remplis de différents breuvages avec plus ou moins de degrés d'alcool. L'ambiance entre Émilie et Rémy est chaleureuse. Autour d'eux, pour certains couples, elle est plus intime. Les rires et les murmures de chacun flottent dans l'air, sans perturber, le moins du monde, les échanges des différentes personnes absorbées par leur propre conversation. Émilie et Rémy parlent de tout et de rien, partagent des souvenirs d'enfance. Ils échangent essentiellement sur la musique et le cinéma. Chaque mot est empreint de sincérité et de vérité, chaque regard échangé porte une profondeur de compréhension mutuelle. Au fil de la soirée, ils se découvrent des points communs, des passions partagées et des aspirations similaires. Leurs sourires sont de plus en plus lumineux, leurs gestes de plus en plus confiants alors qu'ils se laissent emporter par la magie de cette connexion naissante. Entre deux rires complices et quelques gorgées de vin, apparaît l'évidence d'une entente et d'une compréhension mutuelle, à laquelle ils ne s'attendaient pas. Rémy est très surpris d'aller si bien hors de chez lui, à cette heure-ci. Il n'en montre rien.

Dans ce bar, au cœur de la nuit, ils n'attendaient et ne recherchaient rien. Ils ont trouvé de l'authenticité. Il est deux heures du matin. Ils sont seuls dans la salle. Le barman derrière son comptoir les apostrophe :

– Désolé les amoureux mais on va fermer.

Ils se regardent, amusés par ce qu'ils viennent d'entendre.

– Je crois que nous allons devoir rentrer en taxi.

– En effet c'est plus sage, répond Émilie. Je récupèrerai ma voiture demain.

– Émilie ?

– Oui ?

– Laissez-moi vous inviter ?

– Ah non, il n'en ai pas ...

– C'est vous qui avez payé les consommations au « café du lac » la fois dernière.

– D'accord mais la prochaine fois c'est moi qui vous invite.

Rémy règle la note. Ils sortent. Le ciel est clair en cette nuit printanière. La gare n'est pas loin, les taxis non plus.

Il ouvre son bras, qu'Émilie accepte avec joie. Elle se colle un peu à lui. Il ne réagit pas négativement. Il accepte ce rapprochement. Il est content et brise le silence par une phrase qu'Émilie accueille avec surprise :

– On va chez vous ou chez moi ?

– Pardon ?

– Oh Ça va je rigole ! Si vous pouviez voir votre tête.

Émilie prise à son propre jeu éclate de rire.

Dans le doux halo de la lueur des lampadaires, ils marchent côte à côte, leurs ombres se balançant en harmonie sur le trottoir pavé. L'air est imprégné d'une douce brise nocturne, et malgré le silence qui les enveloppe, une atmosphère de contentement règne entre eux. Ils n'échangent plus un mot. Les pas sont synchrones. Les sourires sont éloquents.

Arrivés à leur destination, d'un geste galant, qui n'étonne aucunement Émilie, il se penche pour ouvrir la portière. Elle s'engouffre à l'intérieur du taxi et se retourne. Ils échangent un regard complice. Leur communication silencieuse rend cet instant intense et beau.

Le « *merci* » qui suit est prononcé en choeur.

Ils se sourient.

Il referme délicatement la portière derrière elle.

Leurs regards se croisent une dernière fois à travers la vitre.

L'échange muet est tendre et affectueux

Et tandis que le taxi s'éloigne, il monte dans le véhicule suivant.

Roger Glover & Ronnie James Dion - **Love Is All**

Iron & Wine - flightless bird, american mouth

Une semaine est passée depuis le concert. Émilie et Rémy se croisent régulièrement dans les couloirs ou près de la machine à café. Les regards sont furtifs pour ne rien montrer aux autres, peut-être un peu pour se cacher, comme s'ils avaient quelque chose à se reprocher. Pourtant ce soir-là, chacun est rentré chez soi. Toutefois, à chaque fois qu'ils se coudoient, l'étincelle qui danse dans leurs yeux et les sourires appuyés ne laissent aucun doute sur le plaisir qu'ils ressentent, sans qu'aucun mot ne franchisse leurs lèvres. Cette communication non verbale rend indéniablement le côtoiement encore plus fascinant. Parfois l'un ou l'autre espère cette rencontre fugace, qui se produit inévitablement et qui imprègne leur corps d'une chaleur agréable et éphémère. Se croiser devient chaque jour une bouffée d'air frais, un oasis de bien-être, dans le tumulte de l'école.

Rémy se surprend à ressentir un peu d'affection pour Émilie et sans doute de l'attirance. Immédiatement il repousse cette éventualité. Une relation, quelle qu'elle soit, est-elle possible avec une de ses élèves ? Il y a un peu de réticence, ni aucune ambiguïté car il s'agit d'une entente entre un homme et une femme. Ce qui le retient, c'est le regard que Camille pourrait porter sur cette attirance. Il ne devrait pas. Elle lui a assurément demandé de vivre.

Émilie quant à elle adore ces conversations silencieuses riches de sous-entendues, de promesses muettes, qui, elle l'espère, ne le resteront pas trop longtemps. Elle n'a aucune hésitation à franchir le pas car cette affinité ne fait aucun doute. Chaque regard échangé, chaque sourire partagé, est un pas de plus vers de beaux moments qui ne demandent qu'à être libérés.

Mais aujourd'hui, Émilie n'est pas venue en cours. Rémy s'en inquiète et pose la question à ses élèves :

– Quelqu'un a vu Émilie aujourd'hui ?

Plusieurs d'entre eux répondent par la négative, tout comme Marion qui ajoute avec un brin de malice :

– Non. Et vous ?

Rémy hoche la tête, amusé et surpris par cette question.

– Non plus.

A la fin du cours, il passera par le secrétariat pour savoir si elle a prévenu de son absence. Pas plus de nouvelle de ce côté là.

Au sortir du bureau, son téléphone vibre. Il reçoit à l'instant même un texto d'Émilie : *« Toutes mes excuses, j'ai oublié de vous prévenir que j'avais un rendez-vous médical aujourd'hui »*.

Il répond immédiatement en sortant de l'école : *« Ok ! Me voilà rassuré »*.

« Pour me faire pardonner, puis-je vous inviter à boire un verre ? ».

Rémy répond sans réfléchir comme si c'était une évidence : *« Avec plaisir »*.

Il continue à marcher en direction de son arrêt de bus quand le son d'un Klaxon se fait entendre. Il n'y prête pas vraiment attention, mais arrivé à hauteur de la voiture, il découvre que la conductrice n'est autre qu'Émilie, qui se penche en ouvrant la vitre passager.

– Et bien on y va ?

Rémy sourit, amusé par la situation et agréablement surpris par l'audace, une fois de plus, dont elle fait preuve. A quelques mètres de là, Catherine, cigarette à la main près de l'arrêt de bus, le regarde monter dans cette voiture conduite par une de ses élèves.

– Merci Émilie. Comment allez-vous ? Rien de grave j'espère.

– Non, pas plus que d'habitude. La routine. Merci de vous en soucier.

Rémy est surpris par sa réponse mais il sent qu'il n'est pas opportun de continuer sur ce sujet.

– Alors, vous m'emmenez où ?

– Je vous kidnappe.

Une trentaine de minutes passent, quelques kilomètres sont parcourus, les conversations sur divers sujets sont agréables et Rémy est toujours dans le questionnement sur l'endroit où elle l'entraîne. A la lisière d'un bois, elle se gare.

Rémy toujours aussi intrigué l'interroge :

– Je croyais qu'on allait boire un verre.

Émilie, sans cesse amusée par la situation, sort de son coffre un panier pique nique en osier. Elle l'ouvre devant un Rémy enchanté par la surprise que lui propose Émilie. Le panier est rempli de fruits secs, d'une bouteille de vin et de deux verres. Il attrape la bouteille.

– Saint-Julien de 2009. Wahou ! Mais c'est un millésime exceptionnel. Vous ne vous moquez pas de moi très chère.

– Jamais.

Les pas résonnent sur le tapis de feuilles mortes. Les rayons du soleil filtrent à travers la canopée. Les jeux de lumière sont magnifiques. Ils s'arrêtent parfois pour observer les oiseaux qui chantent dans les arbres ou pour admirer la beauté des fleurs sauvages qui bordent la piste qu'ils empruntent. Les conversations sont ponctuées de rires. Le doux murmure de leurs voix témoigne de leur complicité. Ils se perdent dans la tranquillité de la nature, se sentant libres et vivants, loin du brouhaha du monde. C'est un moment de connexion profonde. Ils savourent l'environnement en présence de l'un et l'autre.

Ils se posent quelques instants sur une pierre pour écouter vivre la nature. Ils perçoivent au loin le son d'un pic-vert qui tambourine quelques branches à la recherche de nourriture. Encore moins perceptible et bien plus loin, un ruisseau s'écoule le long des roches. Le vent s'engouffre pour faire vibrer et danser les feuilles. Une pomme de pin tombe à leurs pieds. Le moment est intime et beau. Ils sont seuls et en osmose avec les arbres qui se dressent majestueusement autour d'eux. La lumière du soleil filtre à travers les feuilles. Ils en profitent pour se restaurer et déguster le vin. Personne ne parle.

Quelques minutes plus tard, ils reprennent leur déambulation parmi les sentiers sinueux. Émilie s'écarte un peu de lui et commence à danser. Ses cheveux flottent au vent, ses yeux brillent d'une énergie libre, son cœur bat au rythme de ses pas, son esprit s'évade dans un tourbillon de liberté sauvage alors qu'elle se laisse emporter par la beauté de son environnement. Sa danse devient plus ample et se transforme en une course légère sans effort. Chaque foulée est un poème en mouvement, une fusion parfaite de force et de grâce.

Rémy s'arrête, captivé par la vision de sa liberté, de sa légèreté, comme si elle était née pour parcourir ces sentiers avec autant d'élégance. Il la suit du regard avec un mélange d'admiration et de tendresse, ému par la pureté de l'instant.

Elle court sans but précis, laissant ses instincts la guider à travers les arbres. Chaque virage, chaque montée et descente, est un défi à relever avec détermination. Elle se sent vivante, libre, connectée à l'essence même de son être. Et tandis qu'elle continue de courir, riant et jouant comme une enfant, sous les rayons du soleil filtrant à travers les feuilles, Rémy se sent rempli d'une joie profonde illuminée par la présence de cette femme et sa joie de vivre.

– Viens courir avec moi, lui crie-t-elle. Viens ?

Rémy a un temps d'hésitation. Il pose le panier et la rejoint dans sa course folle.

Ils courent sans se soucier du temps qui passe. Chaque sourire est un reflet de la joie pure qui inonde leur être. Ils s'arrêtent parfois pour contempler la beauté qui les entoure, s'imprégnant de la tranquillité de l'instant présent.

Puis, ils reprennent leur course effrénée et s'élancent à travers les sentiers ombragés, leurs joies s'élevant dans l'air pur. Leurs rires résonnent à travers une clairière qu'ils franchissent, portés par la brise légère qui caresse leur peau. Il y a bien longtemps que Rémy ne s'était pas senti aussi vivant. Il s'arrête un instant pour reprendre son souffle, s'assied et se couche sur l'herbe les bras en croix.

Émilie le rejoint rapidement pour se coucher à ses côtés.

– Ça va ?

– Je reprends mon souffle.

Ils sourient et éclatent de rire. Elle lui saisit la main.

Il accepte ce contact. Il vient entrelacer ses doigts entre les siens.

The Cure - a forest

Ola Gjeilo - ecce novum

Les cathédrales ne sont plus uniquement un lieu de culte mais également un édifice incontournable pour les touristes.

Trois milles personnes, de différents corps de métiers, ont été nécessaires, pendant plus d'un demi-siècle, pour expérimenter de nouvelles techniques dans une quête vers la lumière. Cette cathédrale, de style gothique, est majestueuse et témoigne d'un passé religieux riche d'histoire. Les deux flèches qui surplombent cet édifice, sont visibles de loin. Érigée en plein quartier historique, sa structure en pierre ocres et blanches, se dévoile par différentes ruelles sur les hauteurs de la ville.

Deux mois ont passé.

Émilie et Rémy la contemple rapidement et accède au Narthex par le portail principal, pour découvrir le travail majestueux des bâtisseurs. Une chorale, accompagnée par un ensemble orchestral symphonique d'une ville voisine, les accueille en répétition d'une des œuvres majeures de Ola Gjeilo.

La nef ogivale s'offre à eux. Ils avancent lentement via l'allée centrale, émerveillés par la grandeur des lieux. Chaque détail architectural se révèle à eux. Les rayons du soleil pénètrent à travers les vitraux colorés, projetant des éclats de lumière dorés sur les chapiteaux, les murs et les colonnes. Ils déambulent tranquillement, l'un à côté de l'autre, sans se parler, en se croisant du regard parfois furtivement, toujours accompagné d'un léger sourire. Le temps est comme suspendu. Ils avancent avec une lenteur délibérée, souhaitant capturer chaque instant, chaque détail de l'édifice. Le pacte de la lumière et de l'ombre, donne à la sacralité du lieu toute la sérénité qu'ils sont venus chercher.

Rémy propose à Émilie de commencer la visite à gauche pour contempler les stations du chemin de croix, en commençant par la condamnation. Ils cheminent entre les fresques et les peintures murales, autrefois vibrant de couleurs éclatantes, aujourd'hui usées par le temps. Le passé donne ainsi à l'ensemble une aura mystérieuse. Ils contemplent également les vitraux, prennent le temps de s'arrêter devant les autels magnifiquement sculptés. Ils se posent un instant pour admirer la grandeur sacrée de l'architecture. Leurs pas résonnent doucement, étouffés par l'immensité de l'espace qui les entoure. Le chant s'évanouit en fonction de l'endroit où ils se trouvent, comme si un voile enveloppait cet endroit et s'ouvrait de temps à autre pour libérer les sons.

Le déambulatoire autour du chœur leur permet de découvrir une à une les sept chapelles. Les sculptures finement ciselées semblent prendre vie sous leurs yeux. Les visages figés dans l'éternité évoquent des histoires anciennes. Les arcs gothiques, soutenus par des piliers imposants qui marquent avec élégance le poids des siècles passés, s'élèvent majestueusement, atteignant des hauteurs vertigineuses. Une fois le chœur contourné, l'orgue solennel s'offre à leur regard.

Ils continuent d'errer avec nonchalance, et quoi que agnostiques, ils s'imprègnent de l'atmosphère spirituelle qui enveloppe la cathédrale. Ils échangent des regards émerveillés qui témoignent de leur profond respect pour cet héritage culturel et religieux.

Les doigts d'Émilie effleurent les murs de pierres anciennes avec délicatesse, afin de ressentir l'histoire qui les imprègne. Rémy quant à lui hume intentionnellement les volutes produites par les nombreux cierges.

Le temps s'étire encore alors qu'ils parcourent les allées, explorant chaque recoin, découvrant des détails qui peuvent échapper à un regard moins attentif.

Au détour d'un pilier, une porte laissant passer un faisceau lumineux intense, les appelle. Émilie intriguée se penche vers Rémy pour lui demander où cela mène. Il sent son souffle près de sa nuque et un frisson lui parcourt le corps tout entier.

– Il s'agit du cloître, lui répond-il.

Ils empruntent alors cette porte qui dévoile une galerie couverte tout autour d'un jardin. Tout en avançant, ils contemplent alors les magnifiques arcades éclairées de doubles baies géminées, les piliers restaurés, et les rosaces vues de l'extérieur. Le calme qui règne dans cet endroit les invite à se poser. Ils s'assoient et restent bien une heure dans cet havre de paix, à discuter de ce qu'ils viennent de vivre. Tout à coup, Émilie sent un regard plus appuyé de la part de Rémy.

– Pourquoi tu me regardes comme ça ?

Rémy ne s'attendait pas à cette question. Il est pris de panique car il est devant un choix difficile : exprimer la symphonie d'émotions qui l'envahit ou fuir la réalité en se taisant. L'adrénaline est à son comble augmentant considérablement sa fréquence cardiaque. Le silence qui s'instaure ne permet pas à son cœur de ralentir mais le sourire d'Émilie le lui permet. Il ne veut pas briser ce moment, mais il sent qu'il est temps.

– Je ne sais pas ce qui se passe en ce moment dans ma vie. Toi et moi on se voit souvent depuis quelque temps et c'est très agréable. J'apprécie pleinement ta compagnie. Je suis un peu déstabilisé, et ce n'est pas dans mes habitudes. Faire face à mes sentiments n'est pas facile pour moi et me rapprocher de quelqu'un me terrifie. C'est une chose à laquelle je ne m'attendais pas et ça me rend assez nerveux. Tu es arrivée au moment où je m' y attendais le moins. Tu bouleverses mon quotidien. Quand tu ne viens pas à l'école et que tu es absente à mes cours, il y a un manque qui se créer. Tu mets un coup d'accélérateur dans ma vie. Je ne sais pas ce qui va se passer mais je sais ce que je ressens. Je veux apprendre à te connaître avec sérénité.

Émilie est émue par cette déclaration et toujours en souriant elle lui répond.

– Tes mots et ta sincérité me touchent profondément. Je te suis reconnaissante pour ça. J'éprouve également une attirance et tout mon être est en émoi dans cette relation naissante. Je suis très attirée également. Nous n'avons aucune obligation et nous avons le choix : soit nous nous donnons encore le temps de réfléchir et nous continuons ce lien amical, soit nous lui donnons une dimension harmonique. Qu'est ce qu'on risque ?

– De tomber amoureux, lui répond Rémy. N'oublions pas que je suis enseignant et que tu es une de mes étudiantes.

– Oh alors faisons en sorte que cela ne soit que purement sexuel.

Rémy sourit et Émilie poursuit.

– Sommes-nous ici même, ensemble, dans de ce lieu, à parler de nous, parce que je suis ton étudiante ou parce que je suis une femme attirée par toi ?

La cloche de l'église sonne dix huit heures et avant même que Rémy puisse répliquer, Émilie change de sujet.

– Oh mince, je suis très en retard. Il faut vraiment que je parte. Je suis désolée mais j'ai une répétition avec ma chorale dans quelques minutes et il faut que j'attrape un bus.

– Je te raccompagne, lui propose Rémy.

Ils repartent par la porte extérieure du cloître et tout en se dirigeant vers l'arrêt de bus le plus proche, Émilie vient se tenir au bras de Rémy pour marcher à ses côtés.

Ils échangent un regard complice, rempli de gratitude et de bienveillance face à la journée passée ensemble. Ils aperçoivent le bus au loin au moment même où ils arrivent près de son arrêt.

– Je te propose que l'on reprenne notre conversation et notre réflexion prochainement, lui dit Rémy.

Le bus s'approche. Émilie également, un peu plus de Rémy, en enfonçant son regard dans ses yeux. Il répond à cette intensité par une œillade plus poussée. Elle s'avance encore. Leur poitrine se touche. Elle vient poser ses lèvres sur celles de Rémy. Il ne bouge pas et ne lui rend pas ce baiser.

– Oui. J'aimerais vraiment que l'on continue à en parler, lui répond Émilie. A très bientôt.

Rémy ne dit rien. Il la regarde monter dans le bus, et une fois les portes refermées, il observe ce dernier s'éloigner.

Julian Lage - emily

U2 - where the streets have no name

Rémy ne bouge plus. Son regard fixe toujours le bus qu'il voit s'éloigner avec à son bord cette femme qui vient de l'embrasser. Il réfléchit : « *Que faire ?* »

Au carrefour suivant, le bus s'engouffre dans une rue à droite et disparaît de sa vue. Rémy n'a, en cet instant, aucune maîtrise de ses pulsions, ni de ses intentions. Son rythme cardiaque est en désaccord avec sa respiration. Cette dernière est lente et posée tandis que son cœur bat à tout rompre. Il avait, au fond de lui, une envie folle de ce baiser. Il aurait souhaité le donner en premier mais évidemment cette femme, comme souvent depuis qu'ils se connaissent, a pris les devants.

– Pourquoi je ne lui ai pas rendu, se demande-t-il à haute voix ?

Une femme passant à ses côtés, se retourne vers lui et lui demande :

– Pardon ?

– Oh excusez-moi je parle tout seul.

Elle poursuit sa route en haussant les épaules et lui continue à parler.

– Oui, pourquoi ? Pourquoi je ne lui ai pas rendu ce baiser ? Pourquoi je ne lui ai pas donné ? Pourquoi je ne lui ai rien dit ?

Et son visage s'éclaire enfin.

– Je dois lui dire. Fuir n'est pas la solution.

Sa décision est rapide, sa réaction impulsive et l'adrénaline est à son comble. Son cerveau donne une impulsion. Ses jambes réagissent intensément dès les premiers mouvements. Il se déplace, non pas par une marche effrénée en direction de la rue que le bus a emprunté, mais plutôt en précipitant chacun de ses gestes l'un après l'autre pour prendre de la vitesse.

Oui ! Rémy court. Une fois de plus. La dernière fois c'était avec Émilie dans la forêt. Il court, bien déterminé à rattraper ce bus, en dévalant à toute vitesse les rues pavées de cette ville. Ses pas résonnent contre les trottoirs, son cœur bat à tout rompre, alimenté par l'excitation et l'urgence de l'instant. Certains passants sont captivés par la scène qui se déroule sous leurs yeux. Ils regardent avec curiosité cet homme, en se demandant s'il poursuit quelqu'un ou s'il est poursuivi. Ses membres sont en feu. Mais il refuse de ralentir. L'enjeu est trop important.

Il n'a rien dit et n'a rien fait. Il n'a pas bougé. Il n'a pas rendu ce baiser, et il s'en veut. Il n'arrête pas d'y penser. L'image du visage d'Émilie, souriant et radieux, se superpose à sa vue, l'encourageant à continuer malgré la fatigue grandissante. Chaque muscle de son corps est tendu.

Il aperçoit au loin le bus prêt à quitter son nouveau point d'arrêt. Il redouble d'effort pour le rejoindre au plus vite. Il entend le moteur qui ronronne. Les secondes s'étirent, comme si le temps se jouait de lui, le défiant de ne pas abandonner. Mais le rapport entre l'homme et la machine n'est pas à l'avantage de Rémy. Le bus s'éloigne.

Il décide d'obliquer vers la droite en empruntant une rue adjacente. Il est concentré sur son objectif : rejoindre Émilie, présente à bord de ce bus. Il ne doit pas y avoir d'obstacle. S' il y en a sur son parcours, il les démolira. Le trajet est sinueux, tortueux mais il veut y arriver.

Je ne serai pas prisonnier de mes peurs, pense-t-il alors.

Il prend des rues transversales, emprunte des chemins de traverses pour rattraper au plus vite ce bus. Au détour d'un immeuble, il est là, à deux mètres de lui. Rémy s'arrête un instant pour être sûr que c'est bien ce bus qui s'ébranle une nouvelle fois pour repartir. Une décharge électrique envahit son être. Sans réfléchir, il prend une grande inspiration et propulse son corps en avant, pour réussir à s'agripper à la rampe de la porte avant qu'elle ne se referme. Il monte à bord.

Son cœur n'a pas ralenti et sa respiration, cette fois-ci, est rapide. Entre deux inspirations, il parvient à délivrer un *« Merci »* en direction de la conductrice, amusée et bienveillante. En validant sa carte, il balaye rapidement du regard l'intérieur du bus bondé, à la recherche de la femme qui avait capturé ses lèvres quelques minutes auparavant. Il la voit. Son regard se pose sur elle. Elle donne l'impression d'être perdue dans ses pensées, les yeux tournés vers l'extérieur. Il se fraye un chemin entre les sièges et les gens qui lui laissent gentiment le passage. Il s'avance vers elle qui, sentant une agitation vers l'avant du bus, détourne son regard pour enfin croiser celui de Rémy. Une lueur de surprise mêlée de bonheur illumine ses yeux. Il s'avance encore pour se retrouver enfin devant elle. Pas un mot de part et d'autre. Ils n'entendent rien. Ils se regardent avec intensité. Le temps est suspendu autour d'eux. Il prend alors doucement le visage d'Émilie entre ses mains et dépose un baiser passionné sur ses lèvres sous le regard intrigué d'une dame assise juste à côté. Dans cet instant fugace, toutes les peines, les frustrations et les difficultés de son quotidien s'effacent. Ils sont seuls au monde, perdus dans leur étreinte, soudés par ce baiser inébranlable.

Sans mot dire, sans détourner leur regard, ils se détachent peu à peu, toujours en se souriant. La dame à leur côté sourit également.

Le bus s'est arrêté une nouvelle fois. Les portes s'ouvrent. Rémy descend en reculant pour ne pas la perdre de vue. Il reste sur le trottoir pour regarder le véhicule, poursuivre sa route, emportant avec lui une Émilie impressionnée par cet élan romantique. Les rues sans nom défilent derrière elle, témoins silencieux de cette course effrénée vers l'amour.

Rémy, une fois de plus, ne bouge pas, tout en regardant le bus s'éloigner et disparaître. Il sourit. Il est heureux.

Il ne touche pas la bague à son doigt.

Soan - emily

Vincent Delerm - l'heure du thé

Rémy attend. Il a l'impression que cela fait des heures. Il manque d'audace, il se pose des questions :

Qu'est-ce-que je fais là ?

Puis il se reprend. Il toque avec assurance. Trois à quatre coups suffisent. Le rythme qu'il imprime sur la porte est sur le même tempo que l'organe qui martèle sa poitrine : « Po, Poc ... Po, Poc ». Cette réflexion lui permet d'être ailleurs. Penser à autre chose, accroît la possibilité de fuir quelques instants la réalité.

Fuir. Trop tard, la porte s'ouvre.

Elle est là, posée devant lui, rayonnante, tout sourire dans son Jean et son chemisier blanc. Elle brise le silence :

– Bonjour !

– Bonjour ! lui répond Rémy.

– Bienvenue ! Entre je t'en prie.

Ils ne s'embrassent pas et tout naturellement ils s'étreignent comme des amis de longues dates qui s'étaient perdus de vue depuis longtemps. Tous ses sens sont en éveil. Il a les yeux fermés, elle n'a pas de parfum. Il hume sa fragrance naturelle, effleure du bout de son pouce le dos de son chemiser et perçoit les battements de son cœur qui s'accélèrent. Il ouvre les yeux.

Tête en l'air, par-dessus son épaule, il scrute le plafond et les murs. L'entrée donne directement sur la pièce à vivre. Au fond un poster de Amedeo Modigliani : Jeanne Hébuterne au grand chapeau. C'est un petit appartement, cosy et bien arrangé.

Ils se séparent.

Rémy s'engage dans l'entrée.

– C'est joli.

– C'est petit, lui rétorque-t-elle.

– Oui et c'est joli, lui répond-il à son tour.

Pas de gène, pas vraiment un malaise mais un léger trouble est présent entre eux.

– Tu as trouvé facilement ? Parce qu'il y a pleins de travaux dans la rue St Séverin en ce moment.

– Oui pas de soucis de ce côté là.

– Ah bon ? tu en as eu ailleurs ? questionne Émilie avec un brin de malice.

– Euh ... non pas plus en fait, répond-il avec un amusement non dissimulé.

– Un thé ? J'ai caramel ou vanille.

Vérifiant dans un de ses tiroirs de la cuisine.

– Bah non j'ai plus que vanille, ajoute-t-elle.

– Alors vanille.

Pendant qu'Émilie s'affaire à la cuisine, Rémy fait le tour de la pièce, s'arrête quelques instants devant les photos, les tableaux et les posters et regarde les objets posés sur les étagères. L'appartement est joliment décoré.

– Désolé ! Ça fait un peu scrutateur.

– Non pas du tout, je t'en prie, tu en auras vite fait le tour. Fais comme chez toi.

Émilie s'est très vite rendu compte que ce n'était peut-être pas vraiment judicieux de ponctuer par : « fais comme chez toi ». Troublée, elle enchaîne en désignant la porte face à lui.

– Je te déconseille la chambre pour l'instant c'est le bazar.
Elle ouvre la bouche et se ravise. Elle allait préciser :
« Pour l'instant ». Faut-il entendre que pour l'instant sa chambre n'est pas rangée ou lui conseille-t-elle de ne pas se rendre dans la chambre pour le moment, sous entendu qu'il pourrait s'y rendre plus tard. Nouveau trouble. Il faut vite passer à autre chose.

Il lève la tête vers elle et la regarde. Elle lui tourne toujours le dos affairée à préparer le thé et à dresser quelques gâteaux qu'elle a confectionnés. Il s'arrête quelques instants sur sa nuque. Un début de tatouage dépasse de son chemiser. Impossible de voir ce qu'il représente. Il reprend ses esprits et continue son tour d'horizon.

Sur une bibliothèque bien fournie en livres, on y trouve aussi un masque vénitien, des bougies et des bibelots en tout genre. Du genre de ceux que l'on garde pour que la personne qui les a offerts puisse les voir quand elle vient. Il y a également deux vases dont un garni d'un bouquet de feuilles et de fleurs séchées blanches et beiges, une boite remplie d'objets qu'on ne sait où ranger, et une citation de Pablo Neruda dans un petit cadre blanc : « Je veux faire avec toi ce que fait le printemps avec les cerisiers ».

– Jolie cette citation de Pablo Neruda.

– En effet. Mais je ne sais toujours pas si elle est extraite d'un des sonnets de son recueil « La centaine d'amour » qu'il a écrit pour sa femme Mathilde Urrutia.

– J'ai lu ce recueil il y a quelques années, je dois encore l'avoir dans ma bibliothèque. Je regarderai à l'occasion. Sinon sur Internet on peut certainement trouver l'info.

– Je connais un enseignant qui nous propose de ne pas se fier uniquement aux informations glanées sur le Net.

Sans se regarder, tous deux acquiescent un petit sourire en coin.

Rémy rompt le silence.

– « Que tout l'amour propage en moi sa bouche,
Que je ne souffre plus un moment sans printemps,
A la douleur je n'ai vendu que mes mains seules,
Maintenant, bien aimée, que tes baisers me restent.
Couvre de ton parfum l'éclat du mois ouvert,
Les portes, ferme-les avec ta chevelure,
Quant à moi, n'oublie pas : si je m'éveille et pleure,
C'est qu'en dormant je ne suis qu'un enfant perdu qui cherche tes mains dans les feuilles de la nuit,
Et le contact du blé que tu me communiques,
Etincelante extase et d'ombre et d'énergie. »

Il se redresse, se retourne et tout en terminant le dernier verset :

– « Oh ma bien aimée, rien d'autre que de l'ombre,
De l'ombre où tu m'accompagnerais dans tes songes
Et là tu me dirais l'heure de la lumière ».

Il se trouve à moins de cinquante centimètres d'Émilie qui s'est rapprochée plateau à la main.

Cette fois c'est lui qui est troublé.

– C'est prêt.

– Oui très prêt.

Il perçoit son souffle. Elle lui sourit une fois de plus.

– Je veux dire, le thé est prêt.

– Ah oui pardon

Il s'écarte pour la laisser passer jusqu'à la table basse.

– C'est très beau ce que tu viens de réciter. On aurait dit une chanson.

– C'est tout ce dont je me souviens d'un des sonnets tiré de « La Centaine d'Amour ».

Rémy réfléchit : *Vite trouver autre chose avant de la rejoindre !*

Il aperçoit une platine vinyle qui trône dans un coin et quelque 33 tours à ses côtés. Le choix de la platine, « Rega Planar » finition noyer, est plutôt judicieux mais le fait qu'elle soit couplée à des enceintes amplifiées laisse Rémy perplexe.

– Intéressant cette platine.

– Oui mais dès que j'ai un peu d'argent je compte investir dans un ampli et des enceintes de meilleures qualités.

Rémy esquisse un petit sourire.

– Tu as une platine également, lui demande-t-elle ?

– Oui !

– Tu peux mettre de la musique si tu veux. Par contre je ne l'ai jamais utilisé et donc j'ai des disques que je n'ai pas pris le temps d'écouter. Je crois que je me suis un peu emballée, lors de mes derniers achats. Je voulais un peu de tout et je dois reconnaître que le vendeur a été très bon.

Il parcourt la petite cinquantaine de vinyles.

– Mozart, Voulzy, Piaf, Grease, Fauré, AaRON, Satchmo. Très éclectique tout ça.

– Satchmo ? Je ne me rappelle pas avoir un disque de Satchmo ?

Lui montrant le vinyle :

– C'était le surnom de Louis Armstrong à cause de sa bouche. Satchel mouth / Satchmo.

– C'est-à-dire ?

– Bouche en forme de sacoche ... de besace.
Il continue sa découverte :

– Léonard Cohen. J'adore « Suzanne » précise Rémy.

– Oui j'aime beaucoup cette chanson également lui répond Émilie. J'aime la liberté de cette femme vêtue de haillons et de plumes. Libre dans son corps et dans sa tête. Et puis, quand j'étais plus jeune, j'avais une grand-mère en Normandie. Une de ses voisines me fait beaucoup penser à elle. Elle s'appelait Suzanne, elle n'était pas très jolie, elle n'avait pas de beaux habits mais je la sentais libre. Et j'aime ce prénom. Si un jour j'ai des enfants, et une fille, j'aimerais l'appeler Suzanne.
Sans tourner la tête vers elle, Rémy sourit légèrement.

– Et si c'est un garçon :

– Gabriel me plaît bien.

– Ah ! Et bien justement, tu as également « Le requiem » de Gabriel Fauré, par l'orchestre de Paris, enregistré en 2011. Voyons voir ... le troisième morceau. Le Sanctus. Je peux ?

– Je t'en prie, je ne suis pas sûr de connaître.

– Oh ! Tu l'as déjà entendu je pense.

Il rejoint l'évier pour se laver les mains et enlever toutes les poussières collées à ses doigts. Sans intention particulière, ils se frôlent.

Rémy prend le temps de peser chacun de ses gestes comme il le fait pour ses mots. Émilie le regarde brancher la prise puis commencer par vérifier l'horizontalité de la platine. Il effectue une rotation sur chacun des pieds afin d'assurer, d'abord, une bonne stabilité à l'appareil, puis il relève délicatement le capot transparent de protection, comme pour les prémices d'un effeuillage discret.

Émilie s'approche un peu.

– Quelle délicatesse !

Les gestes de Rémy sont lents et précis. Il sourit et d'un doigté expert, il glisse sa main à l'intérieur de la pochette du disque, majeur au centre et le pouce sur le bord extérieur. Il effleure la pochette pour ne pas poser ses mains sur le vinyle. Une fois le disque sorti, il place sa paume gauche sur le bord opposé et la main droite en fait de même. L'alignement du trou au milieu du disque avec la platine s'effectue progressivement, jusqu'à que Rémy le lâche. Un léger son retentit dès le contact avec le plateau. Lentement et avec précision, il abaisse son regard pour régler le contrepoids afin que le bras soit parallèle au châssis et vérifier la force d'appui. La douceur du mouvement apporte un léger frémissement chez Émilie. Elle ne manque rien à la scène qui se joue.

Rémy se rapproche de l'appareil pour ajuster l'anti-skating puis d'un recul sur le bras, déclenche le moteur dont le bruit est à peine perceptible. La platine se met en mouvement. Émilie continue à le regarder avec émerveillement et intérêt quand il s'empare de la brosse en fibre de carbone pour éliminer toutes charges statiques sur le disque. Une fois fait, il vient placer délicatement le bras pour que le diamant effleure le sillon. Les premières notes annoncent le Sanctus. Rémy règle le volume.

– Cette œuvre est d'une beauté à se damner !

– Ça te va si on se met autour de la table basse. J'aime bien être là.

– Parfait pour moi.

Rémy s'assoie face à elle, en tailleur, sur les coussins prévus à cet effet.

– Je ne connais pas très bien la musique classique mais en effet c'est très beau.

– Cette œuvre existe en deux versions. Une dite « de chambre » et une symphonique que Fauré a confié à Roger Ducasse. C'est ce que nous entendons ici. Les sopranes et les basses se répondent et là écoute !
Rémy ferme les yeux et lève un doigt en l'air :

– Nous sommes proches de la deuxième minute. Ecoute la puissance des instruments à vent accompagnant le « *Hosanna au plus haut des cieux* ».

Le temps s'arrête. Plus personne ne parle. Émilie est impressionnée.

– Et les Alti rejoignent le chœur sur le Amen, précise Rémy.

– Wahou !

Enfin, il ouvre un peu les yeux.

– Cela me bouleverse à chaque fois, précise-t-il avec une pointe de désolation.

Tous les deux, esquissent un sourire.

Le temps s'écoule doucement. Il apprend qu'elle chante du Gospel depuis dix ans. Elle apprend qu'il joue du piano depuis l'âge de ses dix ans.

Ils ne voient pas le temps passer. Les discussions vont bon train sur des sujets divers et variés. Le boulot, les activités personnelles , la musique, la politique. Un seul thème n'est pas évoqué : leur passé.

L'heure tourne. Les musiques en fond sonore s'enchaînent. Ils se regardent, ils rient et se charment.

– Déjà 20h00, tu restes dîner ?

– Je crois que je vais y aller, lui répond Rémy.

– J'aimerais que tu restes. On est bien là. Je ne te propose pas un repas de gala. D'ailleurs, je n'ai pas eu le temps de faire les courses. Elle regarde dans son réfrigérateur et sur sa paillasse.

– Jambon purée si ça te dit ?

– Comment refuser ? Je viens t'aider.

Ils s'affairent ensemble pour préparer ce banquet et s'installent une fois encore à la table basse. Un musicien aguerri percevrait dans l'écoulement de ce temps, un couple jouant une partition faite de pause, de peu d'accélération, rien de fortissimo, beaucoup de ralentissement Mezzo Piano.

La nuit tombe. Émilie allume quelques bougies, éteint les lumières, créant ainsi un univers plus chaleureux. Puis, face à Modigliani, sur « Karin Redinger » de Laurent Voulzy, Émilie lui dit : bien sûr que si !

Le lendemain matin, rue St Séverin, Rémy sort de chez elle habillé comme hier. Dans la ville normale, des voitures banales, qui ne savent pas, pour la nuit dernière.

Bob Marley - could you be loved

Olivia Ruiz - de toi à moi

Rémy est debout, droit et fier de lui. Pas de cette fierté machiste, dont-il pourrait prétendre qu'il ait été exceptionnel cette nuit et finissant par un : *« alors, heureuse »*. Non loin de lui cette idée là. Il est fier de s'être libéré de cette peur qui l'emprisonne depuis tant d'années.

Il est devant sa porte et se décide enfin à rentrer. Enfin s'il arrive à ouvrir. Il s'y prend à plusieurs reprises. La porte résiste. C'est bien la première fois. En fait, ce n'est pas la porte qui résiste, mais la serrure.

– Et bien qu'est ce qui se passe, pense-t-il tout haut. Cette serrure je l'ai utilisée des centaines de fois. Pourquoi me résiste-t-elle ce matin ?

Il n'en est rien. Ce n'est ni la faute de la porte, ni celle de la serrure et encore moins de la clé. La serrure n'est pas verrouillée. Il a oublié, hier, de fermer sa porte à clé. Il se rend compte de son erreur. La main sur la poignée s'abaisse. La porte s'ouvre. Ça ne lui était jamais arrivé. Rémy est simplement perturbé par la nuit qu'il vient de passer. Il n'éprouve aucun remords. C'est une perturbation positive.

Il rentre enfin chez lui, se regarde dans le miroir et sourit.

– Il y a longtemps que je n'avais pas vu un reflet aussi plaisant à regarder.

Il pose sa clé dans le vide poche, un flash succinct le ramène dans l'appartement d'Émilie. Il reprend ses esprits et se dirige d'un pas ferme vers ses disques vinyles. Nouveau flash au moment où il découvrait son intérieur. Il ne cherche pas ce qu'il veut entendre. Il sait. Il attrape la galette pour la poser sur sa platine. Et un nouveau souvenir bref le replonge chez Émilie lorsqu'il était devant sa platine. Chaque image ne dure qu'une seconde. Leur intensité est impressionnante et le transperce avec force, lui procurant un plaisir intense et compendieux. Pendant que Coltrane et le Duke interprètent « In a sentimental Mood », Rémy se rend dans sa cuisine pour se préparer un bon café.

Ce délice matinal que lui procure l'odeur du café est un moment apaisant, une mélodie captivante. Le breuvage libère ses arômes et envoûte ses sens. Regardant le café s'écoulant avec délicatesse dans sa tasse, il fait un rêve éveillé et repense à cet instant qu'il vient de vivre.

————————

La nuit descend lentement son manteau d'obscurité. Les étoiles s'allument une à une, apportant une atmosphère paisible, une ambiance chaleureuse et plaisante. Autour de cette table, ses deux âmes partagent des conversations profondes, des rires complices et des moments intenses, respectueux et précieux. Le parfum subtil des bougies remplit l'air pendant que les flammes dansent doucement au gré du moindre souffle produit par les mouvements les plus doux d'Émilie et de Rémy.

Avec beaucoup de calme et de tendresse, presque au ralenti, la main droite de Rémy s'approche de la mèche de cheveux qui couvre un peu le visage d'Émilie. Le geste est empreint de douceur et de respect. Ses doigts effleurent à peine sa peau comme s'ils caressaient un pétale de rose. Il ne tient pas la mèche dans ses doigts mais il la frôle simplement pour l'accompagner un peu plus en arrière, afin de la glisser avec tendresse derrière l'oreille d'Émilie, qui ne l'a pas quittée des yeux un seul instant. Elle le trouve attentionné, prévenant et particulièrement beau à la lueur des flammes. Une connexion silencieuse s'installe. Ils se regardent jusqu'à ce que Rémy brise le silence.

– Pardon, c'était peut-être un peu déplacé de ma part. Tu ne souhaitais peut-être pas ...

Rémy n'aura pas le temps de finir sa phrase.

– Bien sûr que si , lui répond Émilie en lui coupant la parole.

Ce moment intime et délicat chargé en émotions subtiles déclenche un mouvement chez elle, ne souhaitant pas laisser échapper la tension électrique présente et plaisante.

L'attraction est forte.

Avec une grâce aérienne, elle se redresse un peu et pose un genou sur la table basse afin de se rapprocher de lui. Elle gagne du terrain, sans se soucier des bougies et du tintement que produisent les assiettes et les verres qui se renversent. Leurs regards ne dévient pas. Les bougies s'éteignent. Elle glisse doucement sa main sur son bras pour l'attirer vers lui. Elle remonte vers son épaule tandis que son visage s'approche un peu plus du sien, millimètre par millimètre. Il sent son souffle et perçoit les battements de son propre cœur dans sa poitrine qui s'emballe. Si, à cet instant, il avait osé poser sa main entre ses seins, il aurait pu percevoir que leurs cœurs résonnent à l'unisson, tel un accord parfait en harmonie consonantique. Émilie est à genoux sur sa table basse face à Rémy déconcerté par cette audace. Elle s'approche encore. Leurs lèvres douces se frôlent pour un baiser tendre et passionné. Le temps suspend son vol et le monde extérieur n'existe plus, ne laissant place qu'à cet instant d'intimité partagée. Leurs respirations s'accélèrent créant une brise de désir qui les enveloppe. Émilie ose proposer sa bouche gourmande puisque sa langue vient s'immiscer. Rémy y répond de la même manière. Leurs lèvres se pressent davantage l'une contre l'autre, les sensations sont amplifiées et chaque inspiration est un cri silencieux de désir. Il y a de la fougue dans ce baiser brûlant inextinguible.

Elle poursuit son ascension. Elle est à cheval sur lui et continue son exploration. Sans enlever ses lèvres des siennes, avec une grâce envoûtante, ses doigts se glissent habilement le long des boutons de sa chemise. Ses mouvements sont fluides, remplis de sensualité et exécutés avec lenteur. Elle dégrafe délicatement le premier bouton, laissant entrevoir sa peau. Les yeux de Rémy sont clos pour mieux savourer chacun des gestes proposés par sa partenaire .

Elle détache un à un les boutons restants, révélant progressivement sa silhouette. Chaque bouton cède sous ses doigts avec une douceur exquise, augmentant son désir ardent. L'acte sensuel qui suit, chargé de promesses est une invitation à l'abandon total. Le dernier bouton libère entièrement la chemise faisant apparaître son corps nu.

L'espace d'un instant les deux acteurs ont le souffle coupé. Puis délicatement la bouche d'Émilie s'écarte des lèvres de Rémy, totalement abandonné, pour dévier vers son oreille et dans le creux de son épaule. Elle se délecte de le goûter, de le humer, de le frôler.

Les émotions de Rémy sont si fortes qu'elles se manifestent physiquement sous l'intensité des actions. Amplifier par l'ardeur du moment. Son corps est pris de tremblement. Impossible de les arrêter ni de les contrôler. C'est un signe tangible de l'effet profond qu'elle a sur lui. Un frisson parcourt tout son être. Elle remonte à nouveau vers son oreille pour lui susurrer :

– Chuuuuuttt !

Elle l'aide à s'apaiser en le serrant fort dans ses bras. L'effet est immédiat. Le calme revient.

– Que penses-tu de l'égalité ? ajoute-t-elle pour lui faire penser à autre chose.

Rémy la regarde, interloqué, pour lui lancer un :

– Pardon ?

– Il me semble qu'un de nous deux est plus dénudé que l'autre.

– Je suis désolé. Je suis un peu déboussolé. Il y a tellement longtemps ... Rémy n'arrive pas à finir sa phrase et baisse les yeux presque pour s'excuser.

– Ne t'oblige à rien. Je vais peut-être trop vite ? lui demande Émilie.

– Non c'est agréable et j'en ai très envie.

La main de Rémy remonte vers le chemisier d'Émilie pour s'arrêter sur le premier bouton. Ses gestes sont calmes et assurés, comme ceux d'Émilie quelques secondes auparavant. Il prend le temps de les presser les uns après les autres, afin de les faire jaillir de la boutonnière, pour enfin s'apercevoir qu'elle ne porte aucun soutien-gorge. Ses seins sont beaux, généreux et portés haut. Les aréoles sont d'un brun couleur café et les mamelons pointent de désir. Il n'arrive pas à porter son regard vers eux, plus par timidité et respect envers Émilie, ce qui ne l'empêche pas de frémir une nouvelle fois. Il continue à la regarder. Elle ne le quitte pas des yeux.

La décision est prise en commun de continuer ce contact physique et l'effeuillage autour de cette table basse.

Chacun de ses gestes entraîne chez son amante des frémissements des follicules pileux de ses bras. Sa progression est lente. Ses doigts glissent avec délicatesse le long de sa joue, traçant des courbes jusqu'à sa nuque, pour continuer sa mélodieuse plongée vers le sillon entre-seins, qu'il s'autorise enfin à regarder. Le contact est doux, affectueux et les effleurements laissent une empreinte de chaleur qui tisse un lien profond, silencieux et respectueux. Le plaisir est puissant. Le langage de la peau ne ment pas. Ils font durer ce contentement par un ballet de caresses sur le haut de leur corps jusqu'à ce qu'Émilie lui demande :

– Emmène moi dans la chambre.

Il se relève, avec douceur, pour la prendre dans ses bras et il l'entraîne dans l'autre pièce. Avec bienveillance, il la pose sur le lit et sans complexe, sans peur, en prenant son temps, lui retire le reste de ses vêtements. Il recule un peu pour la découvrir nue, majestueusement belle. Elle lui sourit.

D'une façon presque bestiale, Émilie fait basculer Rémy vers l'arrière pour le déshabiller entièrement à son tour. Elle se presse contre lui pour sentir son désir ardent et puissant. Rémy est à l'écoute de ses mouvements. La fusion est immédiate et d'un commun accord ils s'unissent.

Elle le chevauche. Ils font l'amour avec ardeur et sans complexe dans la position de l'andromaque. Il suit avec un plaisir non dissimulé les vas-et-viens de sa partenaire.

Ils sont beaux. La jouissance arrive vite, en même temps. Ils ne s'arrêtent pas.

Ils recommencent plusieurs fois dans diverses postures, avec fougue, intensité et romantisme, ou chacun propose sans disposer, sans obliger, avec respect, à l'écoute des mouvements de l'autre, jusqu'à l'aube suivante, assouvis et heureux.

Au petit matin, rien ne les drapent. Ils ne bougent plus, serrés l'un contre l'autre, nus. Ils n'ont pas dormi. Ils ne disent rien, ils se regardent. Rémy, sans briser le silence, savoure cet instant dans ce lieu de contraste, de transparence, de luminosité et de superpositions de couleurs translucides. Ils n'ont pas froid.

SYML - here comes the sun

Glenn Miller - moonlight serenade

Main dans la main, Émilie et Rémy sourient. Autour d'eux, les arbres majestueux se balancent dans la brise légère pour créer un chœur de feuilles bruissantes. Leurs ombres s'étirent sur le sol, comme des doigts tendus, tandis que le soleil peint le ciel en nuances de bleu sarcelle et de cyan. L'été est proche.

Les pas tintinnabulent sur le gravier, rythmés par des chuchotements complices. Les regards se croisent, captant des étincelles d'affection. Il y a de la tendresse dans leurs yeux. L'instant est empreint d'une magie éphémère. Le temps lui-même est suspendu.

Ils s'arrêtent près d'un étang tranquille. Les reflets du ciel se mêlent aux reflets de l'eau. C'est un tableau enchanteur de lumière et de couleur. Il enlace Émilie dans ses bras, l'attirant doucement contre lui alors qu'ils contemplent ensemble la beauté paisible qui les entoure.

Une musique proche les attire. Dans le kiosque, un orchestre de jazz a élu domicile, le cours d'un instant. Rémy réagit immédiatement aux premières notes du morceau qui suit. Il se place face à Émilie et tend sa main comme un poète offrant une plume à sa muse.

Dans son regard, il y a une promesse de voyage. Elle est surprise, et accepte volontiers cette invitation en pensant :

Qu'est-ce-que j'aime son côté romantique.

Main dans la main, ils s'élancent, tourbillonnant avec grâce malgré la piste improvisée. Autour d'eux, les spectateurs émerveillés et médusés sont les témoins silencieux de leur amour naissant. Ils sont seuls à danser. Heureux. Dans cette étreinte fugace, entre la mélodie enchanteresse et les murmures de la foule, ils découvrent la magie éternelle d'un instant partagé, un instant où rien d'autre n'existe de mieux.

La fin du morceau amorce des applaudissements dirigés autant vers les musiciens que vers les danseurs.

– Je crois que notre table nous attend, dit Rémy à une Émilie émue par ce moment à la fois intime et partagé avec des inconnus.

Tout en se rapprochant du centre ville, Rémy précise :

– Tu vas voir, le restaurant est au dixième étage de ce bâtiment. La vue panoramique est magnifique.

En entrant dans l'immeuble, il demande à un couple de retenir l'ascenseur. Ils s'engouffrent à leur tour.

– Merci, précisent-ils de concert.

– Je vous en prie, répond le couple également. Chacun prend rapidement conscience de la proximité physique des autres. Ils se regardent brièvement, un peu gênés, pendant que les portes se referment. Le silence pesant qui règne dans l'ascenseur est brisé par le doux murmure de la musique de *« Je t'aime moi non plus »* de Serge Gainsbourg.

Les premières notes résonnent dans l'espace confiné, créant une atmosphère chargée de tension et de désir refoulé. Les couples échangent des regards discrets. Les visages rougissent légèrement sous l'effet de la musique suggestive.

Les yeux des quatre personnes se croisent furtivement, teintés d'une curiosité mêlée d'embarras. Ils se demandent ce que les autres pensent de cette situation incongrue, de cette musique qui révèle leurs désirs les plus secrets.

Pourtant, malgré la gêne, il y a aussi une sorte de complicité qui se forme entre eux, une connexion fugace née du partage involontaire de ce moment singulier. Ils sourient timidement les uns aux autres. Émilie éclate de rire.

Et alors que la musique atteint son apogée, les portes de l'ascenseur s'ouvrent enfin, les libérant de cette parenthèse troublante dans leur quotidien. Les couples se séparent, emportant avec eux le souvenir fugace de cette rencontre inattendue, de cette musique qui a brièvement éveillé leurs sens et leurs désirs, les laissant avec un sentiment de curiosité.

Dans ce restaurant, la lumière tamisée crée une atmosphère douce et chaleureuse. Rémy, toujours aussi galant, tire la chaise de sa partenaire, pour l'inviter à s'asseoir. Ils commandent une bouteille de vin en guise d'apéritif, tout en échangeant des regards complices en choisissant leurs plats. Les conversations sont ponctuées de rires et de gestes tendres. Les plats sont savoureux, tout comme les doux compliments et les regards affectueux. Les saveurs exquises des mets amplifient leur connexion, et éveillent leurs sens. Les mains se frôlent lors du partage des spécialités culinaires. Les sourires en disent long. Les murmures à l'oreille font naître des frissons. Chacun est captivé par la présence de l'autre. Les yeux sont chargés de désir. Le jeu subtil des mots laisse entrevoir l'intensité de leur attirance et la promesse d'une nuit passionnée à venir.

Sam Cook et son « *bring it on home to me* » est présent pendant le dessert, en fond sonore. C’est une belle chanson, se dit Rémy. Elle évoque la séparation et la détresse d’un homme. Elle ne s’adresse pas à lui. Elle n’est pas pour eux.

Sam Cooke - bring it on home to me

Ben Mazué - 25 ans

Rémy est seul avec cette bouteille à la main, devant cette porte, depuis cinq minutes. Il s'est habillé simplement : Jean, pull fin, blaser et basket. Il écoute la musique et les discussions qui proviennent de l'appartement derrière cette porte close. Il n'ose pas entrer, et encore moins frapper, ni sonner.

Est-ce-que je fais demi-tour ? Est-ce-que je suis à ma place ? Émilie est-elle là ?

De l'autre côté de cette porte, il entend Jim Morrison apostropher le monde et lui dire qu'il a essayé de courir, de se cacher, et de s'évader car le jour détruit la nuit.

Tout à fait d'accord avec toi Jim.

Il fait un pas en arrière.

– Bonjour Monsieur !

Sortant de l'ascenseur, des étudiants s'approchent de lui, bouteilles de bière à la main pour les uns et chips pour les autres.

– La Team des fêtards de l'école est là, leur répond Rémy. Marion, Lucie, Thomas et Alexis. Vous allez bien ?
Réponse en choeur :

– Oui, ouais, bien, impeccable.

– Ça fait plaisir de vous voir ici, ajoute Marion. Vous n'osez pas entrer ?

– Idem pour moi, content de vous voir. Je viens juste d'arriver. J'ai sonné mais je crois que personne n'entend.

Alexis, petit sourire en coin accompagné d'un air interrogateur vers son professeur, s'avance puis se saisit de la poignée de la porte et entre sans aucune autre forme de procès. Rémy lui emboîte le pas et les autres suivent.

– Yeahhhh !!! s'écrit Marion en rentrant dans l'appartement. Regardez qui on a trouvé ?

Les jeunes gens présents se retournent vers l'entrée, et répondent à leur tour en voyant Rémy : Yeahhh !!!

– Ah, on ne sera peut-être plus les rois de la soirée cette fois-ci, ajoute Thomas en se penchant discrètement vers l'oreille distraite de son pote Alexis, qui lui répond.

– Ouais, on a de la concurrence.

– Oh, s'il y a de la concurrence elle ne viendra pas de moi, ajoute Rémy. Restez zen.

Puis se tournant vers Lucie, en montrant sa bouteille :

– J'en fais quoi ?

– Je m'en occupe, répond-elle en attrapant le breuvage rouge rubis et en se dirigeant vers la cuisine.

Les Doors ont laissé la place à AC/DC avec le titre le moins équivoque de l'histoire de la musique : « highway to hell ». Jimmy, un étudiant de seconde année, est aux platines et lance un petit coucou vers Rémy qui lui répond d'un signe de la tête. Il en profite pour scanner les lieux et il se demande comment vont réagir les voisins du dessous avec la cinquantaine de jeunes présents dans ce 60m^2. Puis il se ravise :

Arrête de penser comme un vieux con.

Il se rapproche de Jimmy.

– Bonjour Monsieur, ça fait plaisir de vous voir dans un autre contexte que celui de l'école.

– Plaisir partagé, lui répond Rémy, tout en passant en revu le contenu d'une caisse en bois remplie d'une centaine de vinyles posés négligemment à côté des platines.

– Pas mal tout ça.

– J'en ai autant dans les deux autres caisses derrière moi, lui répond-il en les montrant. Il faut vraiment que je range et organise ce que j'ai. Il y a de tout mais il y en a beaucoup que je n'ai pas encore écoutés.

Ah, ça me rappelle quelqu'un, pense Rémy.

Il s'agenouille devant les caisses posées par terre et passe en revue les pochettes des disques.

– En effet il y a tous les styles : Pop, Rock, Rap, Métal, Folk, Jazz, Classique, Musique du monde.

Il attrape un disque vinyle et, en le montrant à Jimmy il lui dit :

– Ah, celui-là, il est un peu à part. C'est vraiment pour danser, pour faire la fête.

– Oui. Ça bouge bien mais je ne sais pas de quoi ça parle.

– Mais c'est très important de savoir ce que raconte une chanson. Comme « Break On Through to the other side » des Doors que tu as passé tout à l'heure ou « Highway to Hell » de AC/DC. Par exemple, pour celle ci, « All Night des Crystal Fighters », c'est un homme triste et perdu qui rencontre une femme et elle l'entraine dans un tourbillon pour faire la fête, le jour et la nuit, pour lui faire retrouver le goût de vivre.

– Comment ça se fait que vous ayez autant de connaissances en musique ? Ce n'est pourtant pas votre domaine de compétence ?

– En effet, mais la musique c'est un art qui fait appel aux cinq sens, c'est intemporel, c'est le carburant de la vie, c'est un tour de magie, c'est un stimulant pour le corps et l'esprit.

Jimmy n'est pas sûr que ça réponde à sa question. Mais Rémy poursuit.

– J'ai mon boulot et j'ai un loisir, un passe temps. J'écoute tous les types de musiques et de chansons et j'essaye de comprendre ce que le compositeur, l'auteur ou le chanteur ont voulu nous faire partager. Chacun peut avoir sa propre vision d'un morceau musical. On peut également interpréter, à sa manière, une chanson et peut-être que l'histoire qu'on nous raconte a plusieurs sens.

Rémy se retourne et attrape « Rocket Man » d'Elton John.

– Tu vois, c'est le titre d'une nouvelle qui date de 1951 écrite par un auteur de génie qui s'appelle Ray Bradbury. Plus de vingt ans plus tard, Bernie Taupin, le parolier et ami d'Elton John, lui a écrit cette chanson en s'inspirant de cette nouvelle. Et le compositeur en a fait ce tube mondialement connu et maintes fois repris. Ça parle d'un astronaute seul dans l'espace pendant que sa famille est sur terre. Ça parle de solitude.

– Mais ..., l'interroge Jimmy en montrant la pochette des Crystal Fighters, ... Vous croyez que ça existe vraiment ce genre d'histoire entre deux personnes ?

– C'est une fiction. C'est un beau roman, c'est une belle histoire, c'est une romance d'aujourd'hui. Pourquoi pas ? Dans toutes les histoires il y a une part de vérité. Bon allez je te laisse bosser. Tu vas mettre quoi maintenant ?

– Ben Mazué.

Lucie s'est approchée d'eux et tend un verre de vin à Rémy.

– C'est le vin que vous avez apporté.

– Merci. Ton copain t'a déjà délaissé ?

– Quel copain, l'interroge Lucie ?

– Pardon. Je croyais, et donc, à priori par erreur, que vous étiez ensemble Thomas et toi.

Lucie éclate de rire en précisant :

– Non c'est vraiment mon copain, mon ami, pas dans le sens où vous l'entendez. Thomas a quelqu'un d'autre dans sa vie. Regardez, précise-t-elle en pointant un doigt discret vers le centre de la pièce.

Rémy découvre en effet Thomas enlacé dans les bras d'Alexis. Le baiser qui suit ne laisse aucun doute sur leur relation. Rémy se tourne vers Lucie et ajoute :

– C'est-à-dire que je croyais ...

– Et oui c'est tenace les croyances, précise Lucie en lui coupant la parole avec un brin de malice. Mais je sais que vous êtes quelqu'un de tolérant. Même pendant vos cours, on peut percevoir plus que de l'acceptation. Vous êtes ce que l'on appelle un *« gay friendly »*.

– Merci Lucie. J'ai l'impression que pour des personnes de mon âge, l'expression des genres est un apprentissage au quotidien. Il nous faut désapprendre ce que l'on nous a appris et revoir la façon dont nous avons été éduqué au sujet du genre.

– Le patriarcat s'obstine mais on va lui botter le cul tous ensemble, lui répond Lucie.

Rémy éclate de rire. Il en est même surpris. Il y a bien longtemps que ça ne lui était pas arrivé.

– Je vais aller saluer nos hôtes. Vous savez où ils sont ?

– Sur la terrasse, lui répond Lucie.

Sur les « 25 ans » de Ben Mazué, Rémy déambule dans la pièce et salue les personnes qu'il connaît et ceux qu'il connaît moins, parce qu'ils ne sont pas de l'école.

– Ceux-là, ils doivent se demander ce que je fais ici, se dit-il.

Il ne se sent vraiment pas dans son élément mais il a décidé de faire des efforts. Ça discute, ça rigole, ça joue au jeu de la séduction entre personne de même sexe et de sexe différent. Il perçoit pendant cette soirée que les filles de cette génération et les hommes au côté féminin plus développé, sont plus délurés et osent bien plus facilement aborder quelqu'un qui leur plaît. A son époque, les femmes étaient plus dans l'attente qu'on vienne leur parler. A part Camille bien sûr. Et Émilie aujourd'hui.

Ceux qui ne parlent pas, dansent.

Il se dirige vers la terrasse et découvre les jumeaux Alice et Timothée.

Par un raclement de gorge furtif, il leur annonce sa présence.

– Hum ! Hum ! Désolé d'interrompre votre conversation ! Je voulais vous remercier pour votre invitation.

– Oh bonsoir, répond Alice. Je suis content que vous ayez pu venir.

Au fond de lui il pense :

Et bien tout le monde est content de me voir, c'est déjà ça.

Alice se penche en avant pour retirer d'une glacière, posée à ses pieds, une bière qu'elle décapsule avec dextérité en se servant du rebord en fer forgé de sa terrasse. Elle la tend à Rémy, amusé par la situation.

– Tenez c'est pour vous.

– Merci, mais j'ai déjà du vin

Elle récupère son verre de vin, le boit cul sec, et répond :

– Ah ben y'en a plus. Tenez, en lui tendant la bouteille de bière.

– Merci, répond Rémy souriant de plus belle. C'est une belle soirée, il y a du monde.

– Oui c'est sympa, je crois que tous ceux que nous avons invités sont venus.

– Ah ? rétorque Rémy, un peu déçu de ne pas voir Émilie. Et avant qu'il n'est pu compléter sa phrase, et poser la question qui lui brûle les lèvres, Timothée, bière à la main, lui coupe la parole.

– Tout va bien pour vous ?

– Oui merci Timothée, tout va très bien.

– Ça fait plaisir de vous voir ailleurs qu'à l'école.

– Plaisir partagé, lui répond Rémy en ajoutant, je devrais enregistrer cette réponse.

– Pardon ?

– Non rien !

Timothée rejoint Rémy adossé à la rambarde.

– Je reviens, précise Alice. Je vais me chercher une veste. Il fait frais je trouve.

– Santé, propose Rémy en tendant sa bière.

Au lieu de frapper le goulot de sa bouteille contre celle de Rémy, Timothée choisit de taper culot contre goulot, provoquant ainsi une onde de choc à l'intérieur de la bouteille de Rémy. La mousse déborde inévitablement accompagnée par un « oups ! » de semi-excuse de la part de Timothée.

– Merci, répond Rémy en faisant un pas en arrière pour éviter d'être éclaboussé.

– De rien. Elle est belle hein ?

– Qui ça, ma bière ? demande Rémy.

– Non, elle, précise Timothée en pointant son doigt face à lui.

Rémy regarde dans la direction du doigt de Timothée et, son esprit décide de prendre son temps. Il a l'impression que tout se passe plus lentement, en ralentissant chaque action.

Il a pointé son doigt vers ELLE. ELLE. Elle est là. Au milieu d'autres personnes. Elle danse. Elle est magnifique.

Émilie porte une robe fourreau en soie blanche très près du corps. Elle balance ses hanches de droite et de gauche, par des mouvements chaloupés, en total accord avec la musique. L'oscillation de ses bras nus influe sur ses épaules, qui entraînent sa nuque et sa tête en des gestes élégants. Elle danse, libérée de toutes entraves, pieds nus sur le parquet, rendant ses déplacements fluides.

La scène se déroule sous les yeux médusés d'une grande partie de la communauté présente, hommes et femmes confondus et rappelle au bon souvenir de Rémy un extrait d'un poème de Théophile Gautier :

Frêle comme une aile d'abeille,
Frais comme un coeur de rose-thé,
Son tissu, caresse vermeille,
Voltige autour de ta beauté.

Timothée brise le silence :

– Vous croyez que j'ai mes chances.

Rémy ne répond pas.

– Vous en pensez quoi ?

Pas de réponse.

– Vous pensez que je devrais l'aborder ?

Toujours aucun retour.

– Oui vous pensez que je devrais l'aborder.

Puis Timothée écarquille les yeux.

– Oh là là, je crois que j'ai une ouverture.

Émilie a relevé la tête, puis dirigé son regard vers la terrasse, suivi d'un léger sourire empli de contentement. Elle s'avance vers les deux hommes, sans s'arrêter de danser, toujours sur la chanson « 25 ans » de Ben Mazué.

– Ne me laissez pas tout seul, précise Timothée. Oh la la, Oh la la !

Rémy ne dit toujours rien, ni ne bouge, ni ne quitte Émilie du regard.

Elle ne s'arrête qu'à quelques centimètres de Rémy et sans mot dire, tout en fermant les yeux, elle incline légèrement la tête sur le côté, vient poser un tendre baiser sur ses lèvres et, ne sentant aucun recul ni désaccord, elle ne s'en décolle pas, devant un Timothée médusé.

Rémy, ne se pose aucune question.

Plus tard, en repensant à cet instant, il sera fier de lui. Fier de ne pas s'être donné d'interdit, ni d'obligation et d'avoir été en capacité de profiter de l'instant.

Il ferme les yeux à son tour et répond avec délicatesse à cette proposition. Les dents s'entrechoquent un peu et les lèvres s'humidifient naturellement pour rendre ce partage plus sensuel. Leur bouche s'entrouvre légèrement laissant passer une langue discrètement gourmande afin d'accentuer cet échange. Leur nez se caresse quand ils impriment respectivement un mouvement de tête opposé. Ils se hument langoureusement, le temps de ce plaisant baiser.

Par la face extérieure de ses doigts, avec respect, Rémy vient effleurer les bras d'Émilie. Elle frissonne en retour. Sans décoller ses lèvres, les yeux toujours clos, il tend sa bière à Timothée, qui s'empresse de l'attraper toujours aussi surpris. Rémy retire sa veste pour venir la poser sur les épaules de sa partenaire. Le baiser est tellement intense et dure tellement longtemps que Rémy a l'impression d'être Steve Mcqueen face à Faye Dunaway dans « l'affaire Thomas Crown.

Le temps s'est arrêté, la musique aussi. Les convives également. Tout le monde s'est rapproché de la terrasse. Tous regardent ce couple s'embrasser.

Ils finiront par ouvrir les yeux pour découvrir, toujours à leur côté, Timothée bouche ouverte avec une bière dans chaque main et tous les autres jeunes gens le sourire enjoué.

Marion brise le silence.

– Yeahhhh !!!

– Yeahhhh !!! repris en chœur par l'assistance.

Rémy se tourne vers un Timothée amusé malgré tout et content.

– Respect, dit-il en tendant sa bière à Rémy, qui l'attrape et vient frapper celle de Timothée, goulot contre culot, répercutant ainsi, dans sa bouteille, un débord important de mousse. Tout le monde part en fou rire, tandis que Timothée s'écarte en s'écriant :

– Ah non c'est pas bien de gâcher !

Lucie s'approche, bière à la main pour la tendre à Émilie restée accrochée à l'homme qui lui a prêté sa veste. Jimmy lance la chanson suivante et croise le regard de Rémy touché par ce qu'il entend. Il lui adresse un clin d'œil en retour et un merci furtif, couvert par le son de la musique.

Les Crystal Fighters entonnent « All Night ». Cette même chanson dont il a parlé tout à l'heure avec Jimmy. L'histoire de cet homme qui reprend goût à la vie grâce à une femme.

Marion attrape Rémy par le bras et l'entraine à l'intérieur, au milieu de la pièce. Émilie, amusée par la situation, récupère sa bière au passage et le laisse s'en aller. Quant à Rémy, il se prend au jeu et entouré d'une cinquantaine de jeunes étudiants, il danse, chante et saute avec un lâcher prise qu'il n'avait pas connu depuis fort longtemps. Lucie se rapprochant un peu d'Émilie lui demande :

– C'est quoi ton secret ? Qu'est ce que tu lui as fait ? Il a toujours refusé de venir à nos soirées.

Sans lâcher Rémy des yeux elle répond :

– Rien. Je l'écoute, je l'entends, je le regarde, je l'accompagne. Rémy est un thérémine. Pas besoin de le toucher pour le faire vibrer. J'ai encore tant de choses à découvrir sur lui. Être à ses côtés est une grande chance. Il me fait avancer rien que par sa présence. Je revis grâce à lui.

– Et il revit grâce à toi, ajoute Lucie.

Dans un coin du salon, adossée à un mur, Catherine, la collègue un peu envahissante, n'a rien perdu de la scène qui vient de se jouer.

Crystal Fighters - all night

Paul Simon - kodachrome

Rémy perçoit toute la bienveillance de cette femme à son égard. Le regard qu'elle porte sur lui remplit tout son être. Il est en admiration et il peut voir dans ses yeux le reflet de ses propres sentiments. Les mots sont superflus à cet instant, où seule la caresse visuelle, ce flirt sous forme d'œillade admirative, suffit à le remplir de joie.

– Bonjour, susurre enfin Émilie en offrant à Rémy un baiser passionné, auquel il répond avec ardeur et affection.

– Bonjour !

– On y va ? propose Rémy.

– On y va !

Aujourd'hui est une journée d'exploration dans les rues animées de la ville. Ils ont décidé de prendre le temps de découvrir chaque recoin et de se laisser surprendre par les merveilles cachées.

A cet instant, ils ne savent pas que cette exploration ludique allait les mener vers d'autres découvertes.

Ils s'aventurent dans les ruelles étroites et pittoresques, où les façades colorées des bâtiments les accueillent chaleureusement. Leurs pas les mènent d'un quartier à l’autre. Ils s'arrêtent de temps en temps pour admirer une architecture unique ou pour goûter aux saveurs locales dans un café accueillant. Ils prennent le temps d’observer, autour d’eux, les détails de la vie urbaine. Ils regardent les artistes de rue qui animent les places de leur musique ou de leurs performances acrobatiques. Ils se mêlent à la foule qui se presse sur le marché, tout en s'imprégnant de l'effervescence et de la diversité culturelle qui caractérisent la ville. Ils visitent un musée. Les œuvres d'art les transportent dans un autre monde et éveillent leur imagination. Un bref instant, ils se perdent de vue, absorbés l’un et l’autre par l'atmosphère créative qui imprègne les lieux. Cette visite les invite à une discussion passionnée sur la signification de chaque pièce.

Bien plus loin, ils gravissent un escalier qui les mènent à un point de vue époustouflant, pour admirer les maisons, avec leur toit de tuiles en terre cuite et leurs façades, bleues, vertes et rouges ainsi que de nombreux monuments emblématiques. Ils se faufilent dans une librairie pittoresque, dévorant les pages de livres anciens et découvrant de nouvelles perspectives à travers les mots des auteurs. Ils visitent un jardin. Les fleurs colorées et les senteurs enivrantes enveloppent leur être d’une tranquillité apaisante. Tout au long de leur promenade, Émilie et Rémy partagent des moments de complicité et d'émerveillement. Elle prend des photos pour immortaliser les instants précieux et au fur et à mesure de l’avancée du jour, ils découvrent des joyaux cachés que peu de résidents connaissent.

Puis près d'un parc tranquille, non loin du lac où réside Rémy, au pied d'un chêne centenaire, ils se posent enfin, à l'ombre, pour échanger quelques confidences.

– C'est une belle journée, dit Rémy. Bien plus que ça ! Je crois que ta présence rend ce jour très agréable.

– Je crois que nous sommes deux à faire que cette journée soit la plus parfaite possible. Même si la perfection n'est pas utile au bonheur. Tout est si facile avec toi. Et je te connais pourtant si peu. Nous nous livrons très peu sur notre passé. J'aimerais en connaître davantage sur toi.

– Qu'est ce que notre passé apporterait à notre relation ? Le présent ne s'appelle pas présent pour rien. Un présent est un cadeau. Alors savourons le, m'a dit quelqu'un de sage il n'y a pas si longtemps. Crois-tu vraiment que notre passé respectif améliorerait notre relation ?

– Mais je ne cherche pas à améliorer notre relation. Elle est bien assez belle et simple comme elle est. Elle me va. Je ne veux pas t'obliger. C'est juste un souhait.

– Ta demande est légitime et peut nous permettre de nous projeter sur des objectifs d'avenir à court terme, sans nous attarder sur des faits antérieurs.

– Je te rejoins sur le court terme. Il est vrai que je n'ai pas envie de me projeter trop loin afin de vivre pleinement les moments présents à tes côtés. Accepterais-tu quand même de m'en dire plus sur toi ?

– Viens avec moi, lui répond Rémy en la prenant par la main pour l'entraîner plus loin autour du lac. Ils passent par le petit portail, la baie vitrée et entrent chez lui. Ils se mettent à l'aise.

– Thé, café ?

– Thé s'il te plait, lui répond-elle subjuguée par son intérieur.

– Que veux-tu savoir, demande-t-il tout en s'affairant en cuisine.

– Comment un enseignant peut-il avoir une maison pareille ?

– Elle appartenait à mes parents. J'y ai toujours vécu dès mon plus jeune âge. J'ai passé des moments magnifiques avec eux. C'étaient des parents aimants et bienveillants. Une mère musicienne attentionnée et un père, qui contrairement à la majorité des pères de cette génération, n'a jamais caché ses sentiments à mon égard.

– Et depuis leur décès, tu vis seul ?

– Non. Dans la maison d'en face, sur l'autre rive vivait une jeune fille. On s'est rencontré à l'âge de onze ans. On ne s'est jamais quittés. On partait à l'école en même temps. On a toujours été dans la même classe. On a fait nos études ensemble. On ne se quittait plus. On a même enseigné au même endroit. On s'est marié et on a vécu ici pendant deux ans.

– La bague à ton pouce a une signification particulière ?

Rémy invite Émilie à le suivre et tout en s'assoyant sur le canapé, il poursuit.

– Oui. C'est elle qui me l'a offerte. Elle s'appelait Camille. Elle s'appelle toujours Camille. Elle est décédée d'un cancer il y a quinze ans.

Émilie blêmit et se sent mal à l'aise. Elle a un mouvement de recul imperceptible aux yeux de Rémy. Elle ouvre la bouche pour lui avouer quelque chose mais elle n'en fait rien.

– Ça m'a coupé les ailes. Elle s'est éteinte un soir de pleine lune, au bord du lac, près du portail extérieur par lequel nous sommes entrés tout à l'heure. Chaque jour, je me sentais submergé par la tristesse et l'angoisse, et j'ai régulièrement souhaité mettre fin à mes souffrances en me jetant dans le lac. Les pensées sombres me tourmentaient. Je me sentais seul, incapable de trouver un sens à ma vie. Souvent, je me suis approché du portail, le regard pointé vers la lune avec la volonté d'en finir. Mais à chaque fois une force me retenait au dernier moment et m'empêchait de passer à l'acte. Pendant des années, j'ai gardé ce lourd secret enfoui, ne sachant vers qui me tourner pour obtenir de l'aide. Pendant quinze ans, je ne sortais de chez moi que pour aller bosser et une fois par semaine pour me rendre sur la tombe de Camille. Et c'est elle qui m'a aidé à surmonter mon chagrin et à chasser mes idées noires. Je lui parlais. Je lui parle encore.

– Pardon de te faire revivre ça.

– Non pas de soucis. C'est la première fois que j'en parle à quelqu'un d'autre que Camille. Ça m'apaise. Mais il faut que tu saches que le déclic a eu lieu il y a peu de temps.

– Ah ?

– Oui. Depuis que je te connais. Depuis que tu es entrée dans ma vie. C'est toi qui m'a permis de passer ce portail et de sortir de ma grotte.

Émilie lui prend la main.

– Camille est encore très présente. Elle fera toujours partie de moi, continue-t-il les yeux remplis de larmes. Mais je veux que tu saches ce que tu représentes pour moi. Tu embellis mon existence. Tu m'a redonné le goût et la joie de vivre. Tu m'as aidé à évacuer ma douleur. Tu es incroyablement belle ...

– C'est subjectif.

– ... et intelligente. Tu positives à chaque instant. Tu croques la vie. Je suis très chanceux de t'avoir rencontré. Tu m'as redonné espoir. Pourtant je ne sais pas grand chose de toi mais chaque jour qui passe est à lui seul une vie. Ça me fait penser à une citation de Christophe Comte :« *Chaque jour qui passe est un voyage. À la mesure d'une vie s'écoulant sur ces instants fugaces, je m'ouvre au matin, avec l'insouciance de l'enfant. Mille rêves m'assaillent et tandis que mon imagination exulte, une insoutenable envie de bousculer les choses m'envahit, dans la fraîcheur de mes plus grandes espérances. Le soleil, poursuivant sa course folle vers sa disparition perpétuelle, réchauffe lentement, avec obstination, la rosée de mon exaltation, m'opposant la raison maîtrisée et la solennité de l'adulte que je suis devenu. Dans le vacarme assourdissant de mes pensées tourmentées par les rencontres d'un jour, vieillard mais empli d'une sagesse nouvelle, je m'abandonne alors lassement, dans le désert de la nuit, à la suavité de la mort, au mystère d'une renaissance* ».

– C'est très beau, lui répond Émilie, tout aussi émue que lui.

– Désolé j'ai un peu plombé l'ambiance.

– J'aime ta fragilité, ta sensibilité et que tu ne retiennes pas tes émotions. Je ne suis pas sûr d'être la femme que tu as décrit mais si c'est comme cela que tu me vois ...

– C'est comme cela que tu es, précise Rémy en lui coupant la parole.

Le baiser qui suit est long et intense puis il laisse place à une nouvelle question d'Émilie.

– Tu joues toujours du piano ?

– Ça, ça veut dire, passons à autre chose, répond Rémy avec espièglerie. Alors oui je joue.

– Tu me joues quelque chose ?

– Tu veux quoi, questionne-t-il en se levant du canapé pour se rasseoir devant le piano.

– Un air que je ne connais pas.

– Alors voyons ... Ah oui. Je suis sûr que tu connais mais peut-être pas cette version.

Rémy pose ses mains sur le clavier, prend une grande inspiration et sur l'expiration commence, sur un tempo rubato, à jouer les premières notes de « What a Wonderful World » version Jon Batiste. Émilie se rapproche et vient s'asseoir à ses côtés. Elle sourit au moment où il accompagne la musique en chantant.

Elle est totalement charmée par sa maîtrise du piano et par sa voix. Un sentiment de bien-être l'envahit. Son émotion est immense et elle ressent une profonde connexion grâce à la douceur de la musique et des paroles. Elle est transportée, presque envoûtée. Cette expérience sensorielle et spirituelle lui fait prendre conscience que cette personne est sans nul doute un homme bon et qu'elle a bien de la chance de l'avoir rencontrée.

Elle se doit d'être sincère. Elle se doit de lui dire la vérité sur son état de santé. Elle le lui doit, par respect. Mais peut-être pas tout de suite.

La dernière note produit un silence qui en dit long, avant qu'Émilie se décide à le briser.

– Oh mon dieu !

– Ça t'a plu ?

– Beaucoup. Et tu chantes admirablement bien.

– Ah merci, répond Rémy en éclatant de rire.

– Bon alors qu'est ce que je peux apprendre encore de toi. Voyons voir, précise Émilie en tapotant son doigt sur le coin de ses lèvres tout en faisant semblant de réfléchir. Ah oui ! Apparemment tu ne te déplaces qu'en transport en commun ?

– Viens, suis moi, précise-t-il !

Il entraîne Émilie vers une porte dérobée qu'elle n'avait pas encore perçue. Il l'ouvre et allume la lumière pour découvrir un véhicule bâché. Sans rien dire, avec un sourire éclatant, il s'avance pour empoigner la couverture et d'un geste fort, il révèle la splendeur cachée de cette beauté mécanique et artistique aux courbes élégantes et à la puissance sous le capot. Son regard brille face à ce spectacle qu'il considère prestigieux. Il se retourne vers Émilie qui, incrédule, lui demande :

– C'est quoi ?

– C'est une Jaguar type E, répond Rémy amusé. Six cylindres en ligne de 1971. Elle a appartenu à mon père et il y a bien longtemps que je ne l'ai pas sortie d'ici.

– Je n'y connais rien mais j'espère qu'un jour tu m'emmèneras faire un tour.

Retournant dans la pièce principale, Émilie demande :

– Je crois que le soleil doit être splendide vu d'ici, dit-elle, en se tournant vers la baie vitrée.

Elle le regarde. Il lui sourit.

– Vas-y. Je te rejoins. Je vais te chercher un plaid. Les soirées sont fraîches.

Quelques minutes plus tard, assis sur la terrasse, enveloppés et étreints devant le lac, au début du crépuscule, ils contemplent le ciel teinté de nuances dorées et savourent le sentiment d'avoir exploré les richesses et la beauté de la ville, mais aussi la force de leur complicité.

Elle en a appris un peu plus sur lui.

Elle lui demande si elle peut dormir ici cette nuit.

Ni l'un ni l'autre ne pense, à cet instant, que c'est, peut-être, leur dernière nuit ensemble.

Jon Batiste - what a wonderful world

Patrick Watson - here comes the river

Rémy sort d'un pas assuré et tranquille du bureau du directeur de l'école. Aucune colère n'émane de lui. Il a répondu à toutes les questions que le directeur lui posait sur sa vie professionnelle. Dès que sa vie personnelle a été évoquée et que des interrogations ont été soulevées à ce sujet il a refusé d'y répondre ou plutôt il a répliqué :

– Ma vie personnelle n'entre pas au sein de cet établissement.

– Pardon mais c'est le cas. Ce qui s'est passé est en contradiction avec les obligations et les devoirs que l'on attend de vous.

– A quel sujet ?

– Rémy, répond le directeur avec une pointe d'agacement. Au sujet de ce que l'on vient d'évoquer.

– Ma vie personnelle n'entre pas au sein de cet établissement.

– Et je vous précise malheureusement que si. La distanciation est importante. Vous ne pouvez pas avoir de relation avec une de vos étudiantes.

– Ma vie personnelle n'entre pas au sein de cet établissement, et j'aimerais bien savoir ce qui vous fait penser que je peux entretenir une relation avec l'une de mes étudiantes.

– Quelqu'un vous a vu. Vous contestez ?

– Je n'affirme ni ne conteste ce que vous dîtes. Ma vie intime ne regarde que moi et ma vie ...

– ... personnelle n'entre pas au sein de cet établissement, je sais, vous l'avez déjà dit. Mais je me dois de vous préciser que les conditions d'enseignement sont très claires à ce sujet. Tout intervenant au sein de cet établissement, ne doit en aucune façon entretenir d'autres relations que celles liées au professorat. Rémy, je vous estime beaucoup et je sais qu'il en est de même de la part de vos étudiants. Nous ne recueillons, chaque année, que du positif à votre sujet. Vous êtes apprécié. Mais cela ne vous donne pas le droit de profiter de la situation. Je suis lié au code de déontologie de notre institution. Personne ne peut s'y soustraire. Je vais de ce pas convoquer le conseil d'administration qui statuera sur une éventuelle sanction disciplinaire.

– Sur les seules dires d'une personne ?

– Je suis obligé de faire la lumière sur cette affaire et ...

– Gérald, vous me connaissez. Vous savez ce que j'ai vécu, ce que je suis et vous savez parfaitement que je ne ferai jamais rien de répréhensible.

– Alors contestez !

– Je ne conteste ni n'affirme quoi que ce soit car ma vie personnelle ne regarde que moi.

– Vous faites une erreur en gardant cette ligne de conduite. Vous êtes suspendu jusqu'à ce que les tenants et les aboutissants soient révélés.

– Vous appelez ça comme ça ? Les tenants et les aboutissants ? Je suis un pestiféré parce que quelqu'un m'aurait vu en compagnie d'une de mes étudiantes ? C'est votre décision, votre choix. Je ne l'accepte pas.

Rémy se lève avec calme et, en tournant les talons, il précise :

– Je vous donne ma démission.

– Rémy, ne faites pas ça. Terminez au moins l'année. Reprenez vos esprits. Partez en vacances et revenez serein et reposé en septembre.

– Tout à fait entre nous Gérald, ma vie personnelle et sentimentale a toujours été ponctuée d'amour et non de vulgaires histoires de cul. Peut-être avez vous oublié ce que c'est. Essayez, vous verrez. Une relation amoureuse ça change la vie. Je vous transmets ma lettre dans l'heure.

Il ferme la porte derrière lui.

– Rémy ?

Une voix douce et suave l'interpelle. A sa gauche, seule assise sur un banc, Émilie est là.

– Ça va, lui demande-t-elle ?

Il se rapproche et avant de pouvoir répondre à sa question, la porte du bureau s'ouvre :

– Mademoiselle Jones, vous pouvez entrer, précise le directeur d'un ton très autoritaire.

Elle se lève mais au lieu de passer la porte, elle se rapproche de Rémy. Ils sont à moins de 50 centimètres l'un de l'autre. Lentement il lève sa main droite et de son index lui caresse la joue.

– Tout va bien, précise-t-il.

– Mademoiselle Jones ? insiste le directeur.

Elle lui sourit et répond au directeur en passant la porte du bureau :

– Coucou, Gérald. J'espère que vous allez bien ?

Rémy sourit, toujours aussi impressionné par l'opiniâtreté dont fait preuve Émilie, tout en nuançant ses intentions avec humour et délicatesse.

Il ne sort pas tout de suite et se dirige vers une salle de classe.

Il ouvre la porte sans frapper, découvre la salle remplie d'étudiants perplexes de le voir et tout en laissant sa main sur la poignée, il fait un pas en avant et s'adresse calmement à la professeure.

– Bonjour Catherine, salut à tous. Catherine je souhaitais te remercier d'avoir interpellé la direction à mon sujet. Oui je sais que c'est toi. Je me considère comme quelqu'un de pondéré. J'aime les gens. J'éprouve de l'amour pour certaines personnes et de la compassion pour d'autres. Tu fais partie de ces autres. Oui je compatis face au venin qui est sorti de ta bouche. Tu es une fleur mais qui empeste le purin. Tu es une pièce de théâtre tragique sans prose ni vers mais agrémenté de ronces et d'orties. Tu es le vent chargé d'un doux parfum pestilentiel décevant et irrespectueux. Tu es le lait produit par les glandes parotoïdes du crapaud. Tu laisseras derrière toi une empreinte gorgée de mucus. Je te souhaite le meilleur du pire dans la fange de ta petite vie morne. Je ne te blâme pas mais assume les conséquences de tes actes. Toutefois je te dis merci car tu m'as permis de mettre un éclairage sur mes priorités.

Se tournant vers ses élèves :

– Vous allez me manquer !

Rémy ferme la porte laissant Catherine bouche bée, mal à l'aise et des étudiants qui se regardent éberlués.

Nemanja Radulovic' - indifférence

Stephen Sanchez - until i found you

Tout en fermant la porte de cette salle de classe, Rémy croise Émilie qui prend le même chemin que lui.

– Je suis surpris, lui demande-t-il. Ton entrevue avec le directeur n'a pas duré longtemps.

Ils continuent à marcher l'un à côté de l'autre.

– En effet, j'ai coupé court à toute conversation en lui précisant que je suis une adulte majeure et responsable et que ma vie personnelle ne regarde que moi.

Rémy sourit.

– Et puis je suis sortie, précise-t-elle. Et toi ?

– J'ai donné ma démission.

Émilie s'arrête et lui fait face.

– Quoi ? Non tu n'as pas fait ça. Pas à cause de moi ?

– Non je l'ai fait pour moi et pour nous, sinon c'était la mise à pied.

– Je refuse que tu perdes ton travail à cause de moi.

– Et moi je refuse que mon travail ait la moindre influence sur ma vie personnelle et notre histoire.

– Mais c'est le cas puisque tu souhaites démissionner. De toute façon tu n'as pas à faire ça pour moi. J'appelle le directeur en rentrant pour lui préciser que je quitte l'école pour ne pas te porter préjudice.

– Non. Tu ne peux pas faire ça. Tu ne peux pas démissionner et me reprocher de faire la même chose.

– Et bien si. C'est légitime car je refuse d'être la cause ...

Rémy se rapproche d'Émilie.

– Tu n'es pas une cause, tu es un effet magique et inspirant. Tu croques la vie à pleine dent. Tu m'as réveillé Émilie. Il y a longtemps que je ne me suis pas senti aussi vivant. Tu as transformé ma petite vie ordinaire en moments extraordinaires.

– C'est gentil, lui répond Émilie en se rapprochant de lui. Mais il faut se rendre à l'évidence que tu vas perdre ton travail à cause de notre relation.

– Mon travail est bien moins important que ce qui se passe entre nous.

– Ton travail est important. Notre histoire l'est tout autant. Je ne veux que s'arrête ni l'un ni l'autre. Et la seule façon de continuer à avancer c'est de me retirer de cette école. Je trouverai un autre moyen, un autre lieu pour en apprendre davantage sur le cinéma. Je ne baisse pas les bras. Mon objectif est toujours le même.

– Je ...

– Tu me laisses gérer ça, s'il te plaît, précise Émilie en lui coupant la parole.

– Donc je suis sans mot dire et je ne peux pas décider ce qui est le mieux pour moi, ni pour nous.

– Si tu décides de quitter ton travail ça ne sera pas à cause de nous. Laisse moi faire. Tout va bien se passer. J'ai pas mal de choses à faire et à régler de mon côté. Je vais en profiter pour travailler là-dessus. Il y a certains sujets que je dois aborder avec toi. Laisse moi le temps. Je te tiens au courant.

Émilie le regarde avec intensité. Elle lève un peu les talons pour l'embrasser, car il est plus grand qu'elle, et s'éloigne. Puis elle revient à nouveau vers lui pour l'embrasser une deuxième fois et pour lui dire, pour la toute première fois, très simplement, mais avec une grande sincérité dans les yeux :

– Je t'aime.

Émilie s'écarte de nouveau de Rémy décontenancé. Il la regarde s'éloigner et il prend le temps d'assimiler ce qu'il vient d'entendre. Il reste là, debout, sur ce trottoir pendant un long moment. Il réfléchit, peut-être un peu trop, à ce que cela implique, à ce que cela déclenche chez lui et pourquoi il n'a rien dit, pourquoi il n'a pas formulé de réponse. D'ailleurs ce n'était pas une question mais une affirmation de la part d'Émilie. Alors pourquoi n'a-t-il pas osé lui dire qu'il l'aime également ? Est-il sûr de ses sentiments ? Qu'éprouve-t-il pour Émilie ?

Oasis - wonderwall

Sinéad O' Connor - nothing compares to you

Rémy est assis sur son canapé, éclairé par la seule flamme de quelques bougies, un verre d'Armagnac à la main qu'il réchauffe dans ses mains et qu'il n'a pas porté à ses lèvres depuis plus d'une heure.

Voilà quinze jours qu'il n'est pas sorti de chez lui. Contre toute attente, il a envoyé sa lettre de démission. Malgré ce que lui a demandé Émilie, il se refuse au moindre compromis. Son travail ne peut pas décider de ce qui est important pour lui. Il assume son choix. Mais apparemment son corps n'est pas dans l'acceptation de cette décision. Il a mal à la tête, il est mal dans sa peau.

Si cela fait deux semaines qu'il reste prostré chez lui, cela fait également deux semaines qu'il n'a pas de nouvelle d'Émilie. Généralement il lui laisse de la distance, de l'espace et du temps et c'est toujours elle qui prend contact. Mais rester sans sollicitation aussi longtemps, ça n'est jamais arrivé.

« Laisse moi le temps, je te tiens au courant », lui a-t-elle dit. Ça résonne en lui. Qu'avait-elle d'important à traiter, à

régler ? Et puis elle lui a dit « *je t'aime* ». Ce n'est pas rien ça. Ce n'est pas anodin. C'est fort, puissant pour celui qui l'exprime et celui qui le reçoit. Il y a tellement longtemps que Rémy n'avait pas entendu ce mot. Regrette-t-il de ne pas lui avoir dit la même chose ? Il se pose encore la question.

Et depuis. Plus rien.

Alors, tout se bouscule en lui.

Et puis il y a tous ces messages de soutien des étudiants : « Ce n'est pas pareil sans vous », « Revenez ! », « Ils n'ont pas le droit de vous faire ça », « Et qui va nous donner l'envie maintenant », « On refuse d'aller en cours si vous n'êtes pas réintégré ».

L'armagnac est un prétexte. Il ne le boira pas. Le mal de tête est intense et cet alcool est plutôt incompatible avec le paracétamol qu'il vient de prendre.

Il attrape son téléphone pour appeler Émilie, puis se ravise. En le reposant, son téléphone s'allume, vibre et sonne. C'est le directeur de l'école. Il décroche.

– Gérald, Qu'est ce que vous me voulez ?

– Bonjour Rémy. Comment allez-vous ?

– Je réserve ma réponse. Que me vaut l'honneur ?

– Écoutez Rémy, je suis très embarrassé.

– C'est un peu tard.

– Émilie Jones a quitté l'école tout comme vous. Mais puisqu'elle est partie, vous n'avez aucune raison de nous quitter. Pour moi le problème est réglé.

– Pas pour moi.

– Rémy je vous en prie. Tous vos étudiants font bloc. Ils refusent d'aller en cours. A tous les cours. Ils ont même rameuté vos anciens étudiants, jusqu'aux quatrième année.

– Et qu'est ce que vous voulez que j'y fasse ?

– Mais j'ai plus de la moitié des apprenants qui ne vont pas en cours. J'ai le conseil d'administration sur le dos. Vos collègues commencent à prendre votre parti. J'ai des appels à n'en plus finir de parents qui ne comprennent pas la situation. Le conseil d'administration souhaite lever la suspension.

– Quelle suspension ? Je vous rappelle que j'ai démissionné.

– Mais c'est oublié tout ça. C'est une décision prise sur le vif. Et de toute façon je l'ai refusée.

– Vous savez quoi Gérald ?

– Non, dites moi ?

– Je suis vraiment désolé de ce qui vous arrive. Bonjour, précise-t-il en raccrochant.

Il demeure longtemps assis, immobile, absorbé par ses réflexions autour de ce qu'il vient d'entendre. Il ne peut rester insensible face à la tournure que prennent les évènements, face à cette situation qui implique ses élèves mais surtout d'apprendre qu'il a leur soutien. Mais il s'en veut car il ne pensait pas que sa relation avec Émilie allait impliquer autant de personnes et apporter de la difficulté au sein de l'école.

La sonnette retentit à la porte et le sort de sa torpeur. Il s'y dirige sans conviction, avec désinvolture et il ouvre sans regarder par l'œilleton.

Il esquisse un léger sourire teinté de surprise et de contentement. Ses mains tremblent légèrement alors qu'il serre la poignée qu'il n'arrive pas à lâcher. Un mélange de nostalgie et d'excitation traverse son visage, illuminant son expression d'un éclat chaleureux. La surprise est de taille.

– Émilie ?

– Bonjour Rémy !

– C’est une surprise et je suis content de te voir.

– Moi aussi. Je pense que je suis prête et qu’il est important que je te parle. Je ne voulais pas le faire par téléphone.

– En effet.

– Souhaites-tu que l’on reste sur le pas de la porte ?

– Non non bien sûr, entre je t’en prie, lui répond Rémy décontenancé.

Quelques minutes plus tard, ils sont assis tous les deux sur le canapé baigné par la lueur tamisée des bougies. Malgré la lueur diffuse, Rémy remarque qu’Émilie à le teint pâle.

– Tu as l’air épuisé !

– Oui. Un peu fatiguée. Qu’est ce que c’est ? demande-t-elle en montrant son verre ?

– Un palliatif. Je n’ai pas bu une goutte.

Émilie s’empare du breuvage et le porte à ses lèvres. Surprise par le degré d’alcool et le ressenti dans sa gorge, elle tousse.

– Désolé, lui précise Rémy. J'aurais dû te prévenir. C’est un trente ans d’âge qui vient du Ténarèze.

Émilie prend une grande inspiration sans le quitter des yeux emplis d’une immense tendresse.

– Comment vas-tu ?

– Je vais !

– Je comprends. Je suis désolée. Je voulais te voir pour m’excuser de ne pas t’avoir donné de mes nouvelles ...

– Mais tu es libre. Tu n’as aucune raison de t’excuser.

– Attends, laisse-moi finir s’il te plait. En principe c’est moi la bavarde dans notre relation. Je te connais un peu et je pense que tu as dû te poser mille questions et peut-être culpabiliser.

Elle lui prend la main avec douceur, plonge son regard dans le sien. Les flammes des bougies réchauffent l'atmosphère chargée d'émotions. Elle inspire profondément une fois de plus, pour chercher les mots justes et exprimer ses pensées les plus profondes.

– Rémy, commence-t-elle d'une voix douce mais résolue. Il y a quelque chose que je dois faire, quelque chose qui pèse sur moi depuis un moment maintenant. Je ne peux pas te dire de quoi il s’agit. Pas encore.

Ses doigts caressent délicatement ceux de Rémy, cherchant réconfort et compréhension dans ce moment délicat.

– Je n’ai pas quitté l’école à cause de notre histoire. C’est un prétexte pour ne pas être obligé de leur donner une raison. Cette raison m’appartient et j’ai besoin de temps pour régler ce problème. Seule.

Elle prend une profonde inspiration, laissant les mots s’écouler.

– Je vais te demander d’être patient et compréhensif. Ça ne remet rien en question nous concernant. Bien au contraire.

– As-tu besoin de faire une pause dans notre relation ?

– Oui. Et ce n’est pas parce que je ne t'aime pas, mais parce que j'ai besoin de temps pour régler certaines choses.

– Et je ne peux pas t’aider à ...

– Non. Je dois être confrontée seule à cette problématique pour comprendre et la régler. Ça n’a rien à voir avec nous. C’est quelque chose qui me concerne et ...

– Et tu ne peux ou ne veux pas me dire de quoi il s’agit.

– Pas maintenant. Laisse-moi du temps. Je suis sûr que nous sommes sur la bonne voie, ensemble. Tu comptes pour moi.

Tristesse et espoir s'entremêlent dans le regard de Rémy.

– Et tu comptes pour moi également. Je ne comprends pas tout mais j'entends que tu as besoin d'espace et de faire une pause.

– Ce n'est pas tout à fait ça mais ...

– Prends le temps qu'il te faut. Je suis là. Je ne bouge pas.

Émilie se rapproche de Rémy et l'étreint avec fougue.

– Je savais que tu comprendrais. Je t'aime.

La réponse est là, au bord des lèvres de Rémy, mais aucun son ne sort. Il l'aime. Il se doit d'en être sûr avant de le lui avouer. Mais il a peur que la distance ait raison de leur histoire. Il ne cherche pas à comprendre la décision d'Émilie. Il la subit par amour pour elle. Mais il se garde bien de le lui dire.

Émilie le sert dans ses bras, plus fort encore.

– Je sais que cette décision est difficile, mais elle est nécessaire pour moi. Merci pour ta patience.

– Je suis là pour toi. Prends soin de toi et surtout ne doute pas.

Dans ce moment de vulnérabilité partagée, elle espère que leur relation puisse surmonter cette épreuve et émerger plus forte que jamais.

Ce qui n'arrivera pas.

Anne Sylvestre - les gens qui doutent

Nathan Ball - crazy

Le poids de la solitude et de la mélancolie pèse de nouveau sur ses épaules, exacerbé par le fait qu'Émilie ne donne plus de nouvelles depuis cinq mois. Les pensées tourbillonnent dans sa tête. Le tumulte émotionnel ne parvient pas à s'apaiser. Assis dans un coin sombre de son appartement, Rémy se sent inondé, submergé. Les souvenirs des moments partagés avec Émilie le hantent. A tel point qu'il a l'impression que sa présence était devenue essentielle à sa vie. Il ne pensait pas que la pause proposée durerait si longtemps. Il y a un vide béant dans son cœur. Il y a de l'incompréhension. La solitude amplifie chacune de ses pensées qui s'insinuent en lui. Il se sent perdu. Il se demande comment continuer sans la personne qui avait été son pilier, sa confidente, son aimant et son coup de pied au cul pour le sortir de chez lui. La peur de l'avenir et de l'inconnu s'empare de lui, nourrissant ses doutes et ses angoisses.

Les jours s'écoulent dans une brume grise. Rémy lutte pour redonner un sens à sa vie. Chaque instant est empreint d'une douleur lancinante, et il se demande s'il est capable de retrouver son équilibre.

Côté professionnel, il a repris le travail, sans grande conviction. Dès le premier jour de son retour, du portail d’entrée jusqu’à sa classe, il a été accompagné par de nombreux élèves : « Ça fait plaisir de vous voir », « on est content de votre retour », « génial », « vous êtes le meilleur », etc ... Il n’est pas certain de mériter tout cet éloge. Lorsqu’il est devant ses étudiants, il joue son rôle de transmetteur de savoir, enjoué et professionnel mais une fois chez lui, les pensées sombres le submergent. Pour les chasser, il se lance chaque jour à coeur perdu dans le travail. Il espère que le temps pansera peu à peu les blessures. Pour le moment rien ne calme son angoisse, son incompréhension et il n’est pas en capacité de retrouver une paix intérieure.

Émilie a besoin d’une pause. Pour elle, il est dans l’acceptation de ce choix même s’il ne le comprend pas. Pour lui c’est différent. Il en souffre.

Il sait qu’il a beaucoup de fleuves à franchir.

Il ne lit plus. Le portail reste fermé. Il passe beaucoup de temps à regarder la maison d’en face et les mouvements sur sa bague ont repris.

Il décide de prendre sa voiture.

Jimmy Cliff - many rivers to cross

Pink Floyd - shine on you crazy diamond

Tristesse. Elle s'empare de Rémy sans crier gare. Elle surgit de n'importe où et le frappe une fois encore. C'est un cri, une déchirure de l'âme et du cœur. C'est un navrement qui percute ses sens et ses entrailles. C'est ici même une désespérance non contrôlée. D'ailleurs doit-il contrôler en permanence ses émotions ? Peut-être pas. Mais s'il arrivait à mieux les gérer, cela lui permettrait sans doute d'avancer plus facilement dans la vie.

Rémy est là pour se débarrasser de ce vide qui l'envahit. Il ne lutte pas, il accueille les sensations.

Il hume profondément pour s'enivrer de l'air ambiant du couchant et des fines particules de sel projetées par les embruns, encore bien présents à cette heure du jour.

Il est assis sur le sable frais. Ses bras entourent ses genoux repliés. Il ne bouge pas. La fraîcheur de son assise ne le dérange pas. Ses yeux fixent l'astre de jour qui amorce lentement son déclin vers l'horizon. Le crépuscule peint dans le ciel des teintes d'orange et de rose. Quelques rayons traversent les nuages pour offrir un ciel de gloire aux traînes carminées créant des couleurs éclatantes qui se reflètent sur l'eau.

Il se laisse bercer par la douceur de cette soirée qui s'éteint et prend fin. L'océan continue sans cesse son oscillation. Sa vibration est en harmonie avec la respiration de Rémy. Son inspiration est en accord avec le flux des vagues et son expiration avec le reflux. Les goélands et les mouettes picorent une dernière fois ce que les personnes ont laissé derrière elles, avant de prendre leur envole et suivre le fleuve, de son embouchure jusqu'aux lacs, au loin dans les terres, pour y passer la nuit.

Le bruit du monde cède sa place à une douce brise qui vient caresser doucement ceux restés sur cette plage. Peu de gens parlent. Le temps paraît comme suspendu entre le jour et la nuit, invitant à la contemplation et à la réflexion devant ce spectacle.

Le soleil disparaît peu à peu derrière la ligne d'horizon permettant aux faisceaux lumineux de traverser la partie supérieure de l'atmosphère et par réfraction, de produire un rayon vert presque imperceptible.

Rémy laisse ses pensées voguer et s'éloigner devant cette mélodie de couleurs qui, petit à petit, cède au manteau de nuit parsemé d'étoiles. Elles apparaissent les unes après les autres et il les distingue facilement puisqu'aucune lumière artificielle ne vient perturber ce lieu. Elles engloutissent une à une l'espace. Un avion passe au loin. Un satellite traverse le dôme scintillant. Une étoile filante apparaît furtivement. Le silence enveloppe la plage qui se vide peu à peu.

Rémy reste seul. Les larmes abondent puis s'effacent pour faire place à l'incompréhension et à la résignation. Son regard se porte sur la lune et l'appel de l'eau se fait entendre. Il n'y a pas de portail mais la tentation est grande. Les pensées noires surgissent à nouveau. Il se reprend en cherchant la paix intérieure à travers une contemplation silencieuse, en pensant fortement à Camille et à Émilie.

Le temps s'écoule. Il change souvent de position. Parfois il se lève pour se détendre et marcher un peu, les pieds dans l'eau. Puis pour asseoir son esprit, il se couche quelques instants qui deviendront des heures.

Derrière Rémy, l'aube naît. Il a passé la nuit sur cette plage. Devant ce ciel zinzolin, il s'étire quelques instants. Il ne ressent pas le froid sur le sable immaculé qui s'étend à perte de vue. Les vagues murmurent un chant apaisant caressant la côte avec délicatesse. Il reste là, paisible, assis à écouter et à vibrer au son de cette étreinte. Il perçoit la percussion du ressac une fois les brises lames atteintes. Les oiseaux sont déjà de retour. Leur chant ponctue le silence matinal. Au loin, le vent se promène doucement entre les arbres, faisant danser leurs frondaisons dans une gracieuse chorégraphie. Un pêcheur vient s'installer près de lui. Une jeune femme promène son Jack Russel qui se jette dans l'eau et se roule sur le sable mouillé. Il sera un peu moins blanc.

Le tableau est magnifique. Mais la promesse d'un renouveau n'est pas encore là pour Rémy.

Il se lève pour rejoindre sa Jaguar. Il se met au volant et roule en direction des montagnes en laissant l'autoradio choisir pour lui.

Norah Jones - don't know why

Claude Debussy - clair de lune

L'endroit est désert. Assis dans sa voiture, il reste là immobile. Cela fait déjà plus d'une heure qu'il est arrivé sur ce parking.

Il ouvre enfin sa portière, attrape une paire de chaussures de marche dans son coffre. Voilà bien des années qu'il ne les a pas portées. Elles sont toujours là à l'attendre, fidèles au poste quand il a besoin d'elles. Il prend le temps de se chausser correctement. Il ferme sa voiture, boutonne sa veste, remonte son col, ajuste son écharpe et part en direction du chemin de randonnées qu'il s'est décidé d'emprunter.

Il s'arrête quelques secondes pour choisir deux morceaux de bois qui lui serviront de bâtons de marche, pour améliorer ses appuis au sol.

Son voyage commence par une vue sur des paysages verdoyants. Très vite une cascade fait son apparition. Il s'arrête un instant pour contempler la majesté de cet écoulement tumultueux d'eau pure. Son cœur bat au rythme puissant des flots qui se jettent dans le vide pour atterrir dix mètres plus bas dans le gave. Tous les sens de Rémy sont en éveil pour capter l'impétuosité et la fraîcheur de ce déferlement naturel. L'air se charge d'humidité et un arc-en-ciel se forme, grâce aux gouttelettes éparpillées par une douce brise. Ce spectacle renforce encore son désarroi face à la puissance indomptable qui se joue devant lui. Très vite, Rémy perçoit un équilibre entre puissance et fragilité. Il se sent connecté mais pas vraiment serein, comme si le tumulte de ses pensées se dissipait dans le fracas de l'eau.

Il reprend son escapade et suit le balisage rouge et blanc avec une grande attention. Il souhaite atteindre son objectif avant que les conditions météorologiques ne perturbent son ascension. Le sentier est, pour le moment, simple, sans grandes difficultés. Quelques raidillons sous les arbres font place à de grandes plaines bordées de masses de pierres dures, enracinées là depuis des siècles. Des cailloux sur le chemin rendent parfois la marche plus complexe, mais la nature est magnifique et l'emporte sur les difficultés rencontrées. La piste suit un torrent d'eau qui s'écoule des hautes montagnes, alimenté par la fonte des neiges peu abondante. A l'horizon, le panorama est à couper le souffle. Un premier lac d'altitude apparaît et propose en miroir les montagnes enneigées. Quelques truites argentées attirent le regard de Rémy. Ces poissons à la robe chatoyante et aux écailles scintillantes, abordent une danse aquatique. Elles glissent avec élégance dans l'eau cristalline, entre les rochers tapissés de mousse et les galets polis. La nage est gracieuse et fluide. Elles ondulent entre les pierres, tandis que leurs nageoires, telles des ailes d'argent dans le courant, évitent les obstacles, pour se laisser entraîner par la musique enchanteresse de l'eau.

Au loin, la faune sourit à Rémy. Son attention est attirée par le versant du pic rocheux qui lui fait face. Quelque chose bouge. Un groupe d'Isards traverse une paroi, du sud vers le nord. La pente est complexe mais pas pour ces caprins qui avancent lentement avec assurance. Ils sont difficilement perceptibles car leur pelage se confond avec leur environnement. Rémy, une fois de plus, prend un instant.

A sa droite, son regard porte cette fois-ci vers quelques arbres aux abords du lac. Un écureuil roux sort de sa cachette. Les pinceaux de ses oreilles sont très hauts et sa robe plutôt foncée pour cette époque de l'année, excepté son ventre qui est blanc comme neige. Ils restent un instant tous les deux à se regarder. Rémy est le premier à bouger. Il reprend le chemin.

Les oiseaux, de-ci de-là, entonnent quelques chants mélodieux pour l'accompagner. Ça siffle, ça gazouille, ça zinzinule. Un pic-vert au loin tambourine un tronc. Bien plus haut dans le ciel, quelques vautours tournoient, avant de prendre le vent et de suivre un couloir entre deux monts rocheux. La piste est parfois boueuse, sinueuse, avec de légers dénivelés et déclivités. Sa respiration est calée sur ses pas. Sa marche n'est pas très assurée. Il ralentit le rythme.

Il n'est pas épuisé mais, au bout d'une première heure de marche, il décide de s'arrêter au pied d'un arbre. Adossé, il contemple un instant le paysage environnant. Le murmure du gave l'entraîne dans une méditation de pleine conscience. Il laisse ses pensées suivre le flux incessant de l'eau. Il refuse la mélancolie et accepte avec gratitude ce que la nature lui offre. Le gargouillis adagio renforce la plénitude de la beauté de l'instant. Le souffle du vent dans les pins remplit tout son être. Il inspire longuement plusieurs fois, expire tout autant, puis reprend son parcours en suivant le balisage.

Au détour de ce sentier, Rémy est dépassé par différents randonneurs plus aguerris que lui. Certains ont embarqué un paquetage qui laisse présager qu'ils vont plus loin, plus haut et donc qu'ils vont marcher plus longtemps et dormir, sans doute, en altitude dans un refuge.

L'objectif de Rémy est bien moins ambitieux. Il reste quatre heures de marche. Son aventure, il la vit à travers chacun de ses pas. Quand la progression est difficile, il observe où doit se poser son pied, puis le suivant. Quand il traverse de luxuriantes vallées, il regarde devant lui et parfois il se pose pour admirer le ciel, les nuages et le vent dans les arbres. Marcher encore, tel est son but. Monter et s'élever, afin de se désentraver des pensées noires, pour s'écarter davantage de chez lui, surtout fuir le portail qui mène au lac. Le pas devient plus sûr à force d'avancer et le rythme plus cadencé. L'appel du col résonne en lui. Il progresse.

La forêt devient plus dense. Le dénivelé plus important. Mais cela ne perturbe en rien sa détermination. Quelques neiges sont encore présentes sur les endroits les plus à l'ombre et parfois le sol est encore gelé. Rémy glisse, puis se rattrape pour ne pas tomber. Cela arrive plusieurs fois. Il avance encore.

Une nouvelle vallée, un nouvel espace, un nouveau lac, font leur apparition au détour d'un chemin plus rude encore. Le spectacle est époustouflant. Au loin, amplifiées par les montagnes environnantes, les clochettes cuivrées des brebis dans les bergeries résonnent. Rémy ne s'arrête pas, il avance toujours. Son ascension est une lutte personnelle. C'est un défi, la conquête de soi face à la nature. Il n'est pas un grand randonneur. Il teste ses propres limites.

Il arrive enfin au terme de son périple. Il n'est pas seul. D'autres personnes sont présentes sur ce col. Il se met à l'écart. Il vibre sous l'effet du vent qui souffle soudain à tout rompre. Il se lève, écarte les bras et crie sa douleur au monde. Les personnes présentes en contrebas n'entendent rien. Ses hurlements restent muets, couverts, emportés et brisés par la tramontane puissante et envoûtante.

Rémy finit par s'asseoir enfin, fatigué et heureux au pied d'un sapin bleu.

Le relief d'altitude rassemble plusieurs sommets et pics de différentes formes, aux largeurs et hauteurs variées et de couleurs en nuances de gris et de bleu. La vue en trois cent soixante degrés sur cette chaîne de montagnes est un hymne à la vie. Enfin, Rémy se sent à nouveau vivant.

La récompense est saisissante. Pas seulement parce que la vue est spectaculaire, mais il ressent l'accomplissement d'une quête.

Comme souvent dans les moments de plénitude, seul compte l'instant présent.

Il ressent un équilibre, une connexion entre la nature et lui. Il est rempli d'humilité et de sérénité. Il pense toujours à Émilie.

Georg Friedrich Haendel - messiah : amen

Anthony and the Johnsons - bird girl

– Bonjour Camille.

Rémy, comme à chaque fois qu'il vient ici, est assis sur le banc face à la tombe de Camille.

– Il y a longtemps que je ne suis pas venu te voir. Il s'en est passé des choses depuis notre dernière discussion. Te souviens-tu d'Émilie ? Oui bien entendu tu t'en souviens. Je pense même que tu y es pour quelque chose. Je suppose que c'est toi qui me l'a envoyée pour qu'elle veille sur moi. Tu m'as adressé un drôle d'ange. Sache qu'elle a rempli sa mission. Elle a été un guide extraordinaire. Oui je dis, elle a été car je n'ai plus de nouvelle d'elle. Mais les trois mois que nous avons passés ensemble ont été merveilleux, intenses et fabuleux. J'ai été heureux avec elle comme j'ai été heureux avec toi. Alors pourquoi ? Pourquoi ? En principe on met fin à une relation si ça se passe mal. Mais à priori tout se passait bien entre nous. Oui, je comprends. Tu prends sa défense. Bien sûr que j'ai entendu ce qu'elle m'a dit. Elle a besoin de temps. Et oui, je me rappelle ce que je lui ai répondu. Je lui ai dit de prendre soin d'elle et le temps dont elle a besoin.

Mais la pause est longue et je me fais du souci pour elle. Mais non je ne peux pas l'appeler. Je ne veux pas briser ce que je lui ai promis. Et ça serait aller à l'encontre de ses envies et de sa demande. Et je ne veux pas. Je ne peux pas. Et bien oui, je souffre de cette situation. Surtout qu'elle ne m'a pas dit pourquoi elle partait. Qu'est ce qu'elle avait de si important à régler ? Ah oui, l'imparfait n'est peut-être pas de rigueur et tu penses que c'est peut-être toujours en cours ? Alors je reprends : Qu'est ce qu'elle a de si important à régler ? Et pourquoi ne pas m'y impliquer ? Je peux peut-être l'aider ? Comment ça ? Je le saurai en temps et en heure. Oui mais ne pas le savoir aujourd'hui, à l'instant présent, est une souffrance.

Rémy se tait pendant plusieurs minutes. Il pose son regard sur la dalle de marbre devant lui.

– Tu es pleine de bon sens une fois de plus. Elle ne me doit aucune explication. Elle a ses raisons. Ça lui appartient et je me dois d'être patient. Alors je vais t'écouter et être là pour elle en respectant son choix. Même si ce n'est pas juste pour moi.

Rémy se lève, se rapproche de la pierre tombale de Camille, réajuste le bouquet qu'il a apporté et s'en retourne. Oui il sait que ce n'est pas très conventionnel de fleurir une tombe avec un bouquet de roses blanches. Mais c'est un symbole de pureté et de luminosité et dans sa recherche pour plus de sérénité, ça lui semble pertinent. Alors les conventions, surtout en ce moment, il s'assoit dessus.

Il reprend sa voiture mais ne rentre pas tout de suite chez lui. Direction le centre ville. Il se gare et contourne l'édifice devant lequel il se trouve, pour rentrer par l'entrée principale. La dernière fois qu'il est venu, c'était avec Émilie. Il n'y a pas de chorale cette fois-ci.

Il s'assied à l'écart, là où il y a peu de passage, pendant plus de deux heures, les yeux fermés.

Ismaël Lô - tajabone

Julien Clerc - souffrir par toi n’est pas souffrir

Assis par terre, Rémy reste là sans bouger dans la pénombre de sa chambre, au pied de son lit. Son regard perdu dans l'obscurité, il est en proie à une tempête intérieure, aussi violente que celle qui fait rage à l'extérieur. Les gouttes de pluie tambourinent le toit d’une chanson triste, pour accompagner le rythme de ses pensées mélancoliques. Dans l'intimité de sa chambre silencieuse, les ombres dansent autour de lui, créant l’écho sombre de son état d'esprit. À travers les fenêtres entrouvertes, la lumière pâle de la lune filtre doucement, baignant la pièce d'une lueur argentée qui amplifie son sentiment de solitude. La douleur dans ses yeux reflète la foudre qui déchire le ciel, éclairant brièvement son visage tourmenté. Même dans son chagrin, il y a une certaine noblesse, une dignité résolue, une aura de vulnérabilité qui le rend irrésistiblement captivant. Émilie le trouverait beau si elle était à ses côtés. Mais elle n’est pas là. Tout comme Camille. Tout comme ses parents. Rémy se sent seul. Il est seul.

Émilie n’est pas la cause de sa souffrance. Il sait qu’il a un travail à faire sur ce qu’il ressent. Son regard est perdu dans le vide, naviguant à travers les dédales de ses réflexions tumultueuses. Les doutes et les regrets tournoient comme des fantômes dans son esprit, enveloppant son cœur d'une langueur étouffante. Chaque souffle est un effort, chaque battement de son cœur une symphonie douloureuse dans le silence oppressant de sa chambre, supplanté quelques instants par le tonnerre qui gronde au loin.

Alors qu'il est assis là, perdu dans les méandres de ses pensées, il se demande si la lumière qu'il cherche est réellement hors d'atteinte. Prostré sur le sol froid, il relève la tête et regarde par la fenêtre, la lune percer quelques nuages et il s'interroge :

Est-ce-que la lune était vraiment hors de portée en 1969 ? L'alunissage a-t-il vraiment eu lieu à 20h17 le vingt juillet de cette année ? Si c'est le cas, alors tout est donc possible ? C'est le triomphe de la détermination et surtout de l'espoir qui surmonte d'innombrables obstacles et défis, pour atteindre un objectif qu'on pensait impossible. C'est maintenant, à ce moment précis que je dois trouver la foi en l'avenir et la capacité de transcender mes propres frontières chimériques. C'est dans mes moments les plus sombres que j'ai la possibilité d'un renouveau et de découverte pour ne pas sombrer encore une fois. Il y a toujours une chance de retrouver la confiance en un avenir meilleur. J'ai cette croyance en la résilience qui me permet de continuer à avancer, même lorsque la lune est lointaine et hors d'atteinte.

Il trouve la force de se lever pour rechercher un avenir où le bonheur et la paix l'attendent.

Santana - samba pa ti

Zaho de Sagazan - la symphonie des éclairs

L'orage bat son plein.

Rémy est assis sur sa terrasse en ce week-end pluvieux. Sa pergola ne suffit pas à l'abriter totalement mais il s'en moque. Ses pieds sont mouillés, de même que le bas de sa robe de chambre. La charge tumultueuse des gouttes est amplifiée par un vent tonitruant. L'averse dissonante danse sur les toits pour se déverser par des gouttières pentues. Les rues se parent d'une lueur pâle et reflètent la mélancolie. Les nuages cachent un sombre destin sous le ciel plombé où coule des larmes de chagrin. Chaque goutte porte un écho de tristesse en créant des cerceaux frémissants au contact de l'eau du lac. Le ciel pleure et déverse son fardeau.

Voilà déjà huit mois que le soleil a disparu de sa vie. C'est en tout cas ce qu'il vit. Rémy ne pleure plus. La tristesse est toujours là mais le lac ne l'attire pas et le portail n'est plus une souffrance.

Son téléphone vibre quatre fois dans sa poche mais ne sonne pas.

Il ne bouge pas.

Une minute plus tard, il vibre de nouveau. Il réagit juste le temps de regarder qui ose le déranger devant ce spectacle où le lac, cet écrin, accueille les perles du ciel.

Émilie. C'est le prénom qui apparaît sur son téléphone.

Il ne répond pas, et range son téléphone dans sa poche.

Il vibre encore. Une seule fois. Il sait que cela signifie qu'un message vocal ou un texto lui est adressé. Il ne réagit toujours pas.

Pendant plusieurs minutes, il reste assis, prostré devant ce spectacle magnifique de désolation. Cette pluie est apaisante et rafraîchissante pour l'esprit.

Il regarde enfin son téléphone. C'est un message vocal. Il l'écoute une fois via le haut parleur et à la fin du message, reproduit cette action encore et encore.

Il se redresse, ne sourit pas. Son visage est toujours fermé.

La nature s'épanouit sous cette pluie abondante. Les feuilles, ses joyaux scintillants, accueillent l'ondée avec bienfaisance. Les fleurs inclinent leurs têtes délicates. Les vagues du lac dansent sous l'averse, murmurant des histoires, en dévoilant des secrets inavoués.

Malgré la grisaille, les larmes embellissent le ciel sous une lente mélopée. C'est le chant silencieux d'une terre qui se fait entendre.

Rémy s'avance

Dans le tumulte de l'orage, il se tient sous cette pluie battante qui tombe en cascades du ciel assombri. Ses épaules sont voûtées sous le poids et la fraîcheur de l'eau, ses vêtements collés à sa peau comme une seconde enveloppe. Mais malgré la furie des éléments, il ne bouge pas. Ses yeux fixent l'horizon lointain, reflétant la lueur fugace des éclairs qui déchirent l'obscurité. Dans le grondement du tonnerre, il discerne une musique primitive qui résonne en harmonie avec les battements de son propre cœur.

Soudain, un éclair zèbre le ciel, illuminant brièvement le paysage détrempé. Dans cette éclatante lumière, Rémy défie les éléments avec dignité. Malgré la tempête qui fait rage autour de lui, il reste impassible, imprégné de calme et de résilience. Dans cette pluie d'orage, il trouve une sorte de purification, une catharsis au cœur de la tourmente. Il se sent vivant, en communion avec les forces primordiales de la nature.

Cela fait bien longtemps qu'il n'avait plus de nouvelles d'Émilie. Il écoute une fois encore son message : "*Rémy ... C'est Émilie. Je peux comprendre que tu n'aies pas envie de me parler. Je suis désolée. Je ne peux pas faire autrement. J'ai besoin de te voir. C'est important. C'est très important. Je suis prête à t'expliquer. Si tu es disponible je te propose que l'on se retrouve au café du lac. Demain si c'est Ok pour toi ? Quatorze heures ? En tout cas j'y serai. J'espère que tu prends soin de toi et je souhaite de tout coeur te voir demain.*"

Surtout ne pas chercher à comprendre les raisons pour lesquelles Émilie reprend contact. Camille lui avait dit « *soit patient* ». Les réponses viendront en temps et en heure.

Jewel - foolish games

NightBirde - It's ok

Elle est là. Assise dans l'obscurité tamisée du fond de la salle. Belle et merveilleuse comme lors de leur première rencontre. Mais cette fois-ci c'est Rémy qui est sur le pas de la porte. Il s'arrête quelques secondes pour regarder cette silhouette solitaire vêtue d'un poncho de soie asymétrique, cachant l'ensemble de ses formes.

Émilie attend, avec une impatience non dissimulée, en tapotant le verre d'eau qu'elle tient dans la main, l'homme qu'elle aime. Elle lève la tête vers l'entrée et elle sent son cœur se serrer dans sa poitrine. Il est là, beau et courageux comme toujours, mais elle ne peut voir la fatigue dans ses yeux, en tout cas pas pour l'instant.

Il s'avance. Elle ne bougera pas avant qu'il ne soit arrivé à sa hauteur. Elle se lève. Ils se regardent avec intensité. Il porte une main sur sa joue. Elle caresse doucement sa nuque. Ils s'embrassent, avec tendresse, avec légèreté, avec beaucoup d'amour. Ils s'assoient l'un en face de l'autre. Elle lui prend la main.

– Comment vas-tu, lui demande-t-elle ?

– Ça va ! En tout cas en ce moment même, je vais bien. Et toi ? As-tu pu traiter et régler tout ce que tu avais à faire ?

– Je sais en tout cas où je vais maintenant.

Elle sourit et poursuit.

– Je t'en fais voir de toutes les couleurs ?

Rémy répond en hochant la tête. Ce n'est ni un oui, ni un non.

Elle sait qu'il doit savoir. Ils sont là pour ça.

– Tu mérites de connaître la vérité, aussi douloureuse soit-elle.

Les mots se bousculent dans sa gorge, mais elle rassemble son courage, sachant qu'elle doit être forte pour tous les deux.

– Tu m'effraies, lui répond Rémy.

– Mon amour, commence-t-elle d'une voix tremblante. Il y a quelque chose que tu dois savoir. Quelque chose que je n'ai pas osé te dire jusqu'à maintenant. La première fois que je suis venue chez toi, tu m'as parlé de Camille et de sa maladie.

Ses mains tremblent légèrement alors qu'elle cherche les mots justes. Rémy ressent cette vibration.

– Tu as également exprimé toute la difficulté que tu as éprouvée lorsqu'elle est décédée et toute la douleur qui pèse sur ton cœur. Puis je suis arrivé dans ta vie. Rémy ... Je suis également en prise avec un cancer depuis trois ans. Et quand tu m'as parlé de Camille, ça m'a effrayée. En aucun cas je ne souhaitais te faire revivre ça. Ne pas t'en parler c'était te préserver.

Rémy ne bouge pas et écoute avec douceur et compassion la dure réalité.

– Il y a trois ans, quand j'ai su que mon cancer affectait mes poumons, j'ai décidé de me battre. J'ai refusé tout type de thérapie génique et encore moins la chimio et la radiothérapie. Guérir est mon but et j'ai décidé de passer mon temps à vivre, à positiver, à travers la médiation, le Reiki, la musique, le chant, la danse. Le cancer a trouvé refuge dans mon corps, mais il ne doit en aucun cas m'empêcher d'être heureuse et de VIVRE. C'est un combat que je mène seule.

Les yeux de Rémy se remplissent de larmes alors qu'elle partage avec lui le fardeau de cette nouvelle.

Émilie s'arrête un instant pour boire un verre d'eau devant Rémy toujours les yeux embués.

– Tu es arrivé dans ma vie et tu as bouleversé mon existence. Mais je ne voulais pas que ce crabe vienne pincer notre relation. Tu comprends maintenant pourquoi j'avais autant de rendez-vous médicaux. J'ai pris mes distances il y a cinq mois car je me sentais nauséeuse, comme souvent, avec des difficultés à me mouvoir et à respirer. Comme j'avais un rendez-vous avec mon oncologue, je voulais savoir où j'en étais avec ce cancer. Il s'avère que de ce côté là il n'y avait pas de progression et donc pas de dégradation.

Rémy se redresse et tourne un peu la tête sur le côté pour, peut-être, lui signifier qu'il est plus qu'attentif. Émilie réagit, lui lâche la main, se lève tout en soulevant son poncho pour découvrir son ventre arrondi.

– Mes nausées n'avaient rien à voir avec le cancer. Je suis enceinte Rémy. J'attends un enfant de toi.

Tel un poisson hors de son bocal, il a suivi chacun de ses mouvements. Bouche bée, il contemple son ventre pendant qu'elle continue ses explications en se rassoyant. Même caché sous la table, il regarde ce ventre, ce qui fait sourire Émilie et éclaire un peu ce moment de vulnérabilité partagée

– J’avais besoin de temps pour réfléchir. Te prémunir face à ces deux nouvelles. Mais il fallait également que je prenne une décision. Que faire ? J’ai pensé à l’IVG mais très vite j’ai évacué cette solution. Trop tard pour une solution médicamenteuse et hors de question d’une chirurgie. Il avait déjà trois mois et l’échographie a démontré qu’il était en pleine forme. Et puis, au plus profond de moi, l’envie de cet enfant c’est fait entendre. Sache que je n’aurai pris aucune décision radicale sans t’en parler.

– Mais c’est ce que tu as fait en gardant cet enfant.

Émilie a un léger mouvement de recul presque imperceptible et vite évacué lorsqu’elle entend Rémy poursuivre :

– Et tu as bien fait. Je t’aurais suivi quoi que tu prennes comme décision. C’est ton corps, il t’appartient et je t’accompagne dans tes choix. Et je trouve que tu as fait le plus merveilleux des choix.

Cette fois-ci c’est Rémy qui se lève pour venir s’asseoir à ses côtés, sans lâcher sa main. Il l’embrasse.

– Et par rapport au cancer ?

– Malheureusement c’est là toute la difficulté. Je refuse bien entendu tous les médicaments car je ne veux pas affecter cet enfant. Je suis très bien entouré à la clinique. J’y allais deux fois par mois et maintenant il a été décidé d’une visite une fois par semaine. Le bébé puise toute l’énergie dont il a besoin pour vivre en épuisant la mienne. Ce qui donne de la progression au cancer. Il a gagné du terrain. Il a attaqué ma colonne vertébrale. J’ai 10% de survie.

Rémy la caresse du regard avec intensité et bienveillance. Il se surprend à accueillir cette information avec calme, sans faire d’amalgame avec Camille. Émilie porte à ses lèvres son verre et continue.

– Mais j'ai toujours pensé que je suis plus forte que lui et je suis bien plus que cette maladie. Je ne veux pas consacrer mon temps à cette guerre et à me battre contre cet ennemi. Je veux vivre au moins jusqu'à mettre au monde cet enfant.

Il regarde avec intensité cette femme à ses côtés. Émilie en est instantanément émue. A son tour, elle succombe à ses émotions et ne retient pas ses larmes.

– Je veux toutefois te rassurer Rémy. Cet enfant est ton enfant. Je ne t'oblige à rien. Et il en est de même pour le cancer ...

Il ne la laisse pas finir.

– Émilie. Je viens de passer cinq mois difficiles à me faire du souci pour toi et à me demander ce que j'ai bien pu te faire pour que tu prennes tes distances. Je vois maintenant ce que je t'ai fait, en regardant une nouvelle fois le ventre d'Émilie.

Elle sourit.

– Oui ces derniers mois ont été très compliqués à gérer.

– Je ...

– Attends, laisse-moi finir s'il te plait. Il y a dans l'ombre de notre inconscient, une puissance qui donne à la vie un espoir. Et au fond de moi, j'y ai cru. Tu n'es pas Camille et mon histoire avec elle n'est pas notre histoire. Ma relation avec Camille n'a rien à voir avec ma relation avec Émilie. A ce jour, Camille est devenue une amie, une confidente lointaine. Et je ne l'oublierai jamais. Son cancer n'est pas le tien et son décès, lié à cette maladie est un événement qui n'a rien à voir avec toi. Car toi tu es là. Et tu portes notre enfant. Tu ne m'obliges à rien. Je veux prendre soin de toi et de lui ou d'elle.

Émilie oscille entre rires et larmes. Elle vient enfin d'entendre de sa part les mots qu'elle est venue chercher.

– Je suis rassurée même si au fond de moi je connaissais déjà ta position envers cet enfant. Est-ce-que tu veux savoir si c'est une fille ou un garçon ?

– Non pas nécessairement. La surprise peut-être un cadeau supplémentaire. Toi, tu sais ?

– Non ! Rémy ... Il faut que tu comprennes que l'accouchement peut être compliqué. Pour lui et pour moi. Mes forces s'évanouissent petit à petit et la naissance de cet enfant peut être difficile. Si j'ai repris contact avec toi c'est pour te demander de prendre soin de lui si ça se passe mal pour moi.

– Nous n'en sommes pas là. 10% n'est pas 0%. Si je compte bien tu es enceinte de huit mois. Il nous reste donc un mois pour réfléchir à tout cela.

– Tu es vraiment un homme merveilleux.

– Nous allons combattre ensemble ce cancer. Je suis là pour toi et pour lui. George Eliot a dit : «Il n'est jamais trop tard pour devenir ce que nous aurions pu être».

– Qui est cet homme ?

– En fait c'est une femme. Mary Ann Evans. C'est une poétesse et écrivaine anglaise. Elle a pris ce pseudo car dans les années 1800, les femmes n'écrivaient pas. Elles étaient plutôt destinées aux tâches réservées aux épouses. Je trouve que cette maxime «Il n'est jamais trop tard pour devenir ce que nous aurions pu être» donne un sens à ce qui se passe entre nous. Je sais maintenant pourquoi je vis tout cela. As-tu décidé comment tu souhaites l'appeler ?

– Non pas encore.

– Y a-t-il des choses à acheter ? Comment puis-je t'aider à mieux vivre ta grossesse ? A combattre cette maladie ? Je voudrais venir avec toi lors des prochains rendez-vous médicaux, et t'accompagner aux échographies, si tu es d'accord ? Est-ce que tu veux venir t'installer à la maison au moins pendant les premiers mois ?

Émilie est à la fois subjuguée et pas si surprise que ça de voir Rémy déjà si investi.

C'est une nouvelle histoire qui commence et qui s'écrit sur une autre partition. Cette fois, elle se joue à deux. Le bonheur c'est maintenant. Il prend de l'espace, ils vont devoir lui faire de la place. La discussion est sereine. Ils décident dès cet instant de prendre de grandes résolutions pour l'avenir.

Pendant le mois qui suit, Émilie et Rémy abordent des sujets difficiles, complexes pour prendre des décisions dès maintenant pour cet enfant. Elle vient s'installer chez lui. Ils préparent une chambre en achetant tout ce dont le bébé aura besoin et des objets utiles, apportant de la fraîcheur et de la couleur pour éveiller ses sens. Ils réfléchissent à un prénom. Émilie s'assure régulièrement que Rémy a bien conscience qu'il peut se retrouver seul à élever cet enfant. Lui, refuse catégoriquement cette éventualité.

Même si le futur proche est rempli d'obstacles, ils savent qu'ils affronteront cette épreuve ensemble, main dans la main, unis par un lien indéfectible qui défient toutes les adversités et peut-être même la mort pour l'un d'entre eux.

Joe Cocker - you are so beautiful

Sammy Davis Jr. - mr. bojangles

Il est un peu plus de vingt heures. Rémy a proposé aux étudiants de quatrième année, de rester plus tard ce soir, pour les aider à préparer et réviser leurs partiels à venir, sur des matières différentes de la sienne.

Son téléphone sonne.

– Vous permettez Monsieur que je vous dérange ?

– Je vous en prie faîtes donc, répond Rémy en se levant, téléphone collé à l'oreille, en sortant de sa salle de classe.

– Vous êtes bien Rémy Shonanc ?

– Oui, c'est moi à qui ai-je l'honneur ? Répond Rémy l'air enjoué.

– Je suis Émilie Jones et je crois que vous allez être papa.

Silence de la part de Rémy.

– Rémy ? demande Émilie.

– Oui, répond-il tout sourire.

– Tu as entendu ?

– J'ai entendu. Je viens te chercher.

– Non, je suis déjà sur place. J'ai perdu les eaux et j'ai des contractions assez rapprochées.

– Je, je, je ne suis pas loin. J'arrive à pied. Enfin en courant. Ok, à tout de suite, répond-il d'une voix tremblotante.

Émilie sourit.

Il raccroche, rentre dans la salle et tous les regards de ses élèves sont braqués sur lui. Il leur sourit en leur disant :

– C'est le moment, dit-il en ramassant ses affaires.

Les étudiants hurlent de joie, applaudissent et le félicitent. Rémy les avait prévenus qu'il devait laisser son téléphone allumé et il en avait expliqué la raison. Thomas assis au fond lui lance un :

– Embrassez Émilie pour nous.

– Je n'y manquerai pas.

Il sort de l'école en courant sous le regard du directeur en pleine discussion avec Catherine.

A cette heure-ci, les rues sont animées et le tumulte de la vie urbaine bat son plein. C'est un concert chaotique de passants pressés et de conducteurs qui ne le sont pas moins. Mais Rémy se montre, à cet instant précis, être le plus pressé d'entre eux. Son cœur bat la chamade alors qu'il court à en perdre haleine, ses pas martelant le bitume avec une détermination farouche. Chaque souffle est un hymne, une ode à la joie, une prière pour que tout se passe bien, pour Émilie et leur enfant à naître. Son esprit tourbillonne entre l'excitation et l'anxiété. Rémy emprunte les rues les plus escarpées pour faire au plus vite et au détour d'une ruelle, il s'arrête un instant près d'un escalier. Le monde ralentit autour de lui.

Un homme de la rue danse non loin, son chien couché à ses côtés.

Il a une vue depuis les hauteurs de la ville. La clinique est devant lui, telle une oasis de lumière, au milieu du chaos des maisons Labourdines. Il n’y a plus qu’à descendre les marches, traverser la route et le pont pour franchir le portail de la clinique. Ce portail ne lui posera aucun problème.

Il descend les marches deux par deux et s'engage sur le passage piéton, sans prendre le temps de regarder à sa droite. Le choc est brutal. Une voiture le percute de plein fouet. Son genou sort de son axe. Sa tête heurte violemment le pare-brise. Son bras gauche se brise à trois endroits faisant valser sa pochette qui s’ouvre sous le choc et répand par terre son contenu. L’ordinateur se casse en rencontrant le bitume, le livre de Muriel Barbery, qu’il n’a toujours pas fini, termine sa course à ses côtés, sa bague, qui s’est désolidarisée de son pouce, roule jusqu’au caniveau. Rémy est en sang, dans l’incompréhension de ce qui vient de se passer.

Les passants se précipitent. Certains pour l’aider et d’autres pour le filmer avec leur portable.

L’homme de la rue, en haut de l’escalier, danse toujours pour son chien.

Il est 20h17. Rémy sombre, inconscient.

Frédéric Chopin - nocturnes, op. 15 : no. 3 in g minor

Olafur Arnalds & Nils Frahm - 20:17

J'veux qu'on baise sur ma tombe et puis quitter ce monde sans pudeur ni morale.

J'aurais aimé t'aimer comme on aime le soleil, te dire que le monde est beau et que c'est beau d'aimer. J'aurais aimé t'écrire le plus beau des poèmes et construire un empire juste pour ton sourire. Devenir le soleil pour sécher tes sanglots, et faire battre le ciel pour un futur plus beau.

Rémy se souvient très bien de cette chanson. C'est Camille qui lui a fait découvrir Saez.

Il est lucide. Il prend conscience d'être mort et d'être appelé vers cette lumière intense. Il se sent comme flotter dans l'air avec une sensation de naviguer entre deux mondes. Le temps suspend son vol pour laisser place au passé. Il se souvient d'un moment particulier. Un instant de vie avec Camille. Il revoit la scène :

————

« Ils déambulent main dans la main le long de la plage. Cette promenade est empreinte de magie et d'émotion. Tous deux captivés par le murmure des vagues et la douceur du

soir. Il est vingt heures et dix-sept minutes. Un arrêt furtif leur permet d'admirer le scintillement des étoiles déjà bien présentes à cette heure là. Afin d'augmenter le plaisir de l'observation, ils retirent leurs lunettes. Les étoiles sont ainsi plus nettes et le nombre plus important. Ils marchent pieds nus, évoquent des souvenirs et font des projets. Camille s'agenouille quelques secondes pour admirer les coquillages de plus près. Rémy la suit du regard et tend sa main droite vers elle pour l'aider à se redresser. La surprise sera de taille pour lui car Camille, sans se relever, porte son attention vers lui, accompagnée d'un sourire d'une beauté sans pareille et, dans sa main droite, un présent. La scène pourrait porter à sourire. Il s'agit d'un homme debout devant une femme agenouillée lui tendant une bague. L'étonnement chez Rémy est de courte durée car cette action reflète parfaitement ce que Camille est dans la vie. Naturelle et spontanée.

Elle se redresse enfin et, sans le lâcher du regard une seconde, lui passe la bague à son pouce. Tous deux posent enfin les yeux sur ce cadeau magnifique, en argent. Camille prend enfin la parole :

– Ce n'est pas un témoignage de mon amour pour toi, ni une bague de fiançailles, et encore moins une demande en mariage. Ce n'est pas un objet de valeur. Je la trouve jolie et j'ai pensé qu'elle le serait encore plus à ton doigt.

Rémy est surpris. La voix n'est pas en accord avec la personne. Il lève la tête vers elle et voit Émilie près du portail au bord du lac.

————

Est-ce Camille ou Émilie devant lui ? Est-ce Camille ou Émilie qu'il entend ? Impossible. Cela ne se peut, étant donné que la voix, cette voix de femme, l'appelle par son nom.

– Monsieur Shonanc ?

Rémy ne perçoit qu'un murmure et un visage flou. Il essaye d'ouvrir les yeux davantage mais la lumière intense l'en empêche et il ne distingue pas la personne qui lui parle. Il est en capacité de percevoir quelques sons proches, d'entendre des mots plutôt que de les comprendre et il est dans l'incapacité de voir nettement. Il se sent prisonnier de ces bruits autour de lui.

Rémy plisse un peu les yeux pour essayer d'adapter sa vue tout en pensant :

Bon à priori je ne suis ni dans les ténèbres ni au paradis. Je ne suis donc pas mort. Je rêve peut-être ?

Il discerne juste cette forme qui s'affaire autour de lui. Pour la questionner, il ouvre la bouche ou du moins il essaie car quelque chose l'en empêche. Il n'est pas serein et commence à ressentir une douleur dans la gorge, puis beaucoup de mal à respirer. Il s'agite, et se rend compte qu'il est couché, alité et que quelque chose l'aide à respirer.

– Calmez-vous, vous êtes à l'hôpital, je suis votre infirmière.

Rémy bouillonne dans son lit.

– Je viens d'appeler le médecin. Vous avez un tube dans la gorge pour vous aider à respirer. Calmez-vous. On va vous retirer ça, précise l'infirmière avec douceur et bienveillance, tout en se penchant sur lui.

L'intonation et le timbre de l'infirmière ont un effet immédiat sur son mal être. Il s'apaise un peu, prenant conscience de l'endroit où il se trouve. La personne en face de lui ne lui veut aucun mal.

Puis, quelques minutes plus tard, une autre voix, plus grave, se fait entendre. Cette personne reste encore floue mais il comprend bien qu'il s'agit d'un homme, qui se penche pour lui parler avec calme et sérénité.

– Il est un peu agité, dit l'infirmière à la personne qui vient d'entrer.

– Bonjour Rémy, je suis le Docteur Marchand. Vous êtes en sécurité ici. Je vous ai placé une sonde trachéale pour vous aider à respirer. Vos constantes sont bonnes. Vous avez peut-être du mal à nous percevoir mais ne vous inquiétez pas, vos yeux vont s'accommoder à votre environnement. Je vais vous extuber maintenant. Je vais dégonfler le ballonnet et retirer la sonde. Quand je vous le dirais, prenez une grande inspiration et soufflez.

Rémy perçoit de la gentillesse et du professionnalisme. Il sent qu'un travail à quatre mains s'effectue autour et sur lui. On le redresse pour l'asseoir. Il écoute avec attention les indications du médecin. A son ordre, il prend une inspiration, la plus longue possible, pour ensuite extraire tout l'air de ses poumons. Son visage est tendu et se déforme sous la douleur qu'il ressent lorsque la sonde est extraite. La souffrance est insoutenable. On l'aide à se recoucher.

– Vous allez avoir du mal à parler pendant quelques heures ou quelques jours, lui précise le médecin. Mais Carole va bien s'occuper de vous, ajoute-t-il en se tournant vers l'infirmière. Vous vous souvenez pourquoi vous êtes là ?

Rémy ouvre la bouche mais aucun son n'est produit. Il se résigne pour le moment et donne une réponse négative en hochant la tête.

– Vous avez eu un accident, lui répond le médecin. Vous vous êtes fait renverser par une voiture. Le choc a été violent. Vous avez perdu connaissance et cet évanouissement s'est prolongé. Trauma crânien mais sans lésion. Au scanner rien d'anormal. Nous vous avons intubé pour vous aider à respirer.

Ses troubles de la vision commencent à s'estomper. Il en profite pour regarder autour de lui. C'est une chambre d'hôpital banale, classique, au mur bleu et blanc pour apporter sans doute aux malades un peu de réconfort et de sérénité. Il devine également un peu plus les visages devant lui. Il porte sa main à sa tête et constate en effet qu'il n'a pas de bandage sur le crâne. En bougeant ses bras, il ressent une pression. Il se rend compte qu'il est perfusé à droite et plâtré à gauche. Il soulève alors le drap qui recouvrait son corps pour constater que sa jambe droite est plâtrée également. Alors qu'il ne percevait aucune douleur, au moment précis où il aperçoit le plâtre, sa jambe le fait souffrir. Il grimace et un son rauque sort de sa gorge.

– Oui vous avez la jambe cassée au niveau du genou et le bras fracturé. Mais vous avez eu de la chance vous savez, c'est tout ce que vous avez. Vous ne vous en sortez pas trop mal.

Il se concentre pour essayer de sortir un son d'une voix peu audible d'outre tombe.

– Je ne suis pas sûr de comprendre, répond Carole. Évitez de trop parler. C'est normal d'avoir la bouche pâteuse depuis tout ce temps.

Elle lui tend un carnet et un stylo qu'elle sort de sa poche.

– Écrivez plutôt ! Émilie, demande Carole en regardant ce que Rémy a griffonné de sa main valide. Si c'est quelqu'un de votre famille, je peux la contacter. Sachez que vous êtes ici depuis quatre jours, lui dit-elle, en lui proposant un peu d'eau avec une paille, que Rémy s'empresse de porter à sa bouche et d'avaler avec difficulté. D'une voix tremblante et éraillée, il essaye de reprendre malgré tout un semblant de conversation, mais n'y arrive toujours pas.

Accouchement, écrit-il.

– Voyons voir, dit Carole. C’est une personne qui s’appelle Émilie et qui va accoucher ? C’est bien ça ?

Il répond non de la tête.

– Elle a accouché ?

Il acquiesce.

– C’est une personne importante pour vous ?

Il acquiesce une fois de plus.

– Votre femme ?

Il acquiesce de plus belle.

– Ah ben ça alors ! D’accord ! Restez allongé, je vais me renseigner en obstétrique pour savoir si elle est connue dans nos services.

Le médecin, en retrait jusqu’alors, prend de nouveau la parole.

– J’ai d’autres patients. Je reviens vous voir au plus tôt.

Les deux professionnels de santé lui sourient et quittent ensemble la pièce. Rémy, médusé, se retrouve seul, avec ses émotions et ses questions.

Les quelques minutes qui passent sont interminables. Le calme feutré de cette chambre est perturbé par le bruit des machines médicales auxquelles il est branché. Son regard se perd à la fenêtre et à la porte de sa chambre. Il essaie de se relever mais se ravise trop affaibli.

Carole revient enfin avec un sourire aux lèvres.

– Nous avons bien une Émilie Jones qui est arrivée en obstétrique, le même jour que vous. Pour le moment je n’ai pas d’autres informations.

Rémy esquisse un sourire et prend la décision de s’asseoir non sans mal.

– Ah non ça c'est impossible. Il faut rester couché.

Le geste de la tête de Rémy, de droite à gauche, est sans équivoque.

- Non non non, ce n'est pas vous qui décidez, précise Carole en l'attrapant par les épaules pour l'aider à se recoucher.

Il se dégage doucement et pose sa main valide sur celle de l'infirmière. Il s'approche doucement de Carole et écrit :

– SVP.

– Non, Allez soyez sage et ...

L'infirmière n'aura pas le temps de finir que Rémy arrêtera ses gestes pour plonger ses yeux dans les siens.

– Non, j'ai dis non, n'en démord pas Carole.

Dix minutes plus tard, elle le pousse, hors de sa chambre, dans un fauteuil roulant, intégrant un support de perfusion avec une poche reliée à lui par le haut et une autre par le bas car ce qu'on lui injecte doit bien ressortir quelque part.

– Je suis sûre que je vais le regretter, proteste Carole.

Rémy, enjoué, pointe son pouce vers le haut en guise de remerciement. Il ne remarque pas que sa bague, qui ne l'avait jamais quittée jusqu'alors, est absente à ce doigt.

Après quelques dédales dans les couloirs, ils arrivent en maternité, devant le bureau des infirmières.

– Salut Magali. Je t'amène un nouveau papa impatient et en plus c'est une tête de mule. Il n'a pas encore vu son enfant ni sa femme. Il était chez nous depuis quatre jours.

– Oh ben ça alors ! Vous venez voir qui, demande Magali en s'adressant à Rémy.

– Il ne parle pas encore très bien, répond Carole. Et tant mieux ça lui évite de dire des bêtises. La maman s'appelle Émilie Jones !

Magali blêmit et les deux personnes devant elle s'en rendent compte. Rémy réagit de suite en montrant un point d'interrogation sur son carnet.

– Vous m'attendez deux secondes, lui propose Carole en attirant sa consoeur dans le bureau.

Rémy n'a pas eu le temps de désapprouver que la porte se referme. Il sent bien que quelque chose ne va pas. Il tend l'oreille mais ne perçoit que des murmures interminables. Les deux secondes se transforment en minutes. Les deux infirmières finissent par sortir et Carole s'adresse la première à Rémy.

– On vient de prévenir la sage-femme qui s'est occupée de votre femme. Elle va vous donner toutes les informations.

Le point d'interrogation est présenté derechef.

– Elle arrive, et elle va répondre à toutes vos questions.

Il poursuit avec la même ponctuation.

– Soyez sympa avec moi, répond Carole. Je vais rester avec vous mais je ne peux vous donner aucune information. Nous allons nous poser dans la salle des familles. Il n'y a personne en ce moment. C'est plus tranquille. Je vous y emmène.

Ladite salle est accueillante avec des fauteuils et de vraies fleurs. Rémy sent bien que la situation lui échappe et qu'il va encore passer beaucoup de temps à attendre. Mais il n'en est rien. Il entend le bruit d'un ascenseur à quelques pas de là et deux femmes en blouse blanche entrent d'un pas calme et toutefois déterminé. Rémy les suit du regard. Elles viennent prendre place à ses côtés afin d'être à sa hauteur.

– Bonjour Rémy. Vous souvenez-vous de moi ? Je suis Clothilde Saint-Jean, la sage-femme. On s'est rencontré plusieurs fois au cours du dernier mois de la grossesse d'Émilie et c'est moi qui me suis occupée de son accouchement. Je ne vous présente pas Catherine Granger, l'oncologue que vous aviez également rencontrée.

Il perçoit une attitude chaleureuse chez ces deux femmes et de l'empathie. Ce qui ne le rassure aucunement. Il brandit son bloc-note avec deux questions qu'il avait déjà écrites en attendant : « Que se passe-t-il ? Où est Émilie ? ».

– C'est-à-dire que ... La sage-femme ne pourra finir sa phrase car Rémy pose sa main sur son bras.

Avec beaucoup de bienveillance, la sage-femme, pose son autre main sur la sienne et sans détour, cette fois ci, lui annonce :

– Il y a eu des complications.

– Émilie savait que cet accouchement serait difficile à cause de son cancer, précise l'oncologue. Depuis le début de sa grossesse, elle a refusé tous les traitements pour combattre sa maladie afin de garder toutes ses forces pour votre enfant. Pendant l'accouchement, une augmentation soudaine de sa pression artérielle a déclenché une pré-éclampsie et un décollement placentaire.

– Oui, Émilie nous a quitté malheureusement, poursuit la sage-femme.

Rémy, les yeux embués de larmes, retire sa main et pousse un cri de douleur inaudible car les cordes vocales ne répondent pas. Il n'entend plus les explications qui lui sont apportées par les deux personnes à ses côtés. Son visage s'assombrit. Son cœur se serre dans sa poitrine. Ses yeux sont clos. Sa tête est jetée vers l'arrière. Il n'écoute plus, il ne voit rien, et malgré sa bouche grande ouverte aucun son n'en sort. Il est effondré, submergé par un chagrin dévastateur.

La sage-femme attrape sa main. Carole, l'infirmière restée en retrait, s'approche pour poser une main compatissante sur son épaule. Plus personne ne bouge. Plus personne ne parle.

La sage-femme brise le silence :

– Nous étions devant un dilemme atroce et un choix difficile à faire entre perdre votre enfant ou perdre Émilie. C'est elle qui a pris la décision. Elle nous a demandé de tout faire pour sauver l'enfant. Et c'est ce que nous avons fait.

Rémy ne réagit pas tout de suite à cette annonce. Le désespoir est immense pour lui de revivre une nouvelle fois cette épreuve. Il entend une voix qui lui parle. Il ne perçoit pas s'il s'agit de l'infirmière, de la cancérologue ou de la sage-femme mais elle se rapproche de lui et calmement vient lui murmurer plusieurs fois à l'oreille :

– Votre enfant est en vie.

Toujours en larmes, Rémy réagit par étape. Il ferme la bouche, ouvre les yeux et essaie de reprendre tant bien que mal sa respiration et ses esprits.

– Voilà, c'est ça, respirez profondément, lui propose la sage-femme en précisant : Souhaitez-vous qu'on vous emmène le voir ?

Les secondes passent, le temps s'étire. Chaque tic-tac de l'horloge, présente dans cette salle, est un rappel incessant de ces deux nouvelles qu'il vient d'apprendre. Tout se bouscule. L'instant est chargé d'une intense émotion. Émilie devient un souvenir en lui laissant un espoir fragile vers l'avenir. Chaque battement de son cœur est le rythme lent de perspective qui se tourne vers des jours meilleurs.

Avec difficulté Rémy répond oui de la tête.

– Je m'en occupe, précise Carole.

– Oh ! On va vous accompagner au service de néonatalogie répond la sage-femme. C'est juste à côté.

Trois minutes plus tard, Rémy est devant une vitre le séparant de cinq bébés. La sage-femme est de l'autre coté et lui montre celui dont il est à présent le père.

– C'est une fille, lui annonce la cancérologue, restée à ses côtés avec Carole. Elle est née il y a quatre jours à 20h17.

Les sanglots emportent Rémy.

– Nous ne connaissons pas son prénom, précise-t-elle. Il faut pouvoir lui en donner un. Je vous presse un peu mais vous avez jusqu'à demain pour la déclarer.

L'émotion est à son comble au plus profond de lui devant ce petit être qui est maintenant le sien. Les larmes de douleur se juxtaposent à celles générées par la joie indescriptible qu'il ressent. Son visage s'illumine et ses émotions sont intenses. Son masque de douleur s'éteint peu à peu pour laisser la place à un léger sourire. Il essuie ses larmes avec un mouchoir tendue par Carole, qui précise :

– Moi aussi il m'en faut un.

Plus un bruit dans le couloir. Le silence est intense. Quelques instants plus tard, Rémy, avec grande difficulté, prononce d'une voix presque inaudible :

– Elle s'appelle Suzanne.

Léonard Cohen - suzanne

A mes filles

Merci à Mathilde pour sa bienveillance, sa relecture, et son aide précieuse.

Chapitres

Musique (Apple) **Spotify**

3 - Brooklyn Duo - canon en D (pachelbel's canon) / Johann Pachelbel

5 - Reyn - le début / Reyn

11 - The Middle East - blood

12 - 4 Non Blondes - what's up / Linda Perry

13 - Bobby Mc Ferrin - don't worry be happy / Bobby McFerrin

14 - John Coltrane - say it / Jimmy McHugh

20 - Miles Davis - so what / Miles Davis

21 - Raphael Gualazzi - reality & fantasy / Raphael Gualazzi

26 - Jefferson Airplane - embryonic journey / Jorma Kaukonen

27 - Angelina Jordan - bohemian rhapsody / Freddie Mercury

29 - Dizzy Gillespie - on the sunny side of the street / Jimmy McHugh & Dorothy Fields

30 - Ane Brun & Linnéa Olsson - halo / Beyoncé Knowles, Ryan Tedder & Evan "Kidd" Bogart

34 - Lewis Capaldi - someone you loved / Lewis Capaldi, Sam Roman, Benjamin Kohn, Peter Kelleher & Tom Barnes

35 - Tom Waits - cold cold Ground / Tom Waits

38 - David Bowie - under pressure / Brian May, David Bowie, Freddie Mercury, John Deacon & Roger Taylor

39 - Billy Paul - me and mrs Jones / Kenneth Gamble, Leon Huff & Cary Gilbert

44 - Fred Hersch & Bill Frisell - my one and only love / Guy B. Wood, Guy Wood & Robert Mellin

45 - Cat Stevens - morning has broken / Eleanor Farjeon

48 - Francis Cabrel - la robe et l'échelle / Francis Cabrel

49 - The Blind Boys of Alabama - heard the angels Moan 51

56 - Roger Glover & Ronnie James Dion - Love Is All / Roger Glover

57 - Iron & Wine - flightless bird, american mouth / Sam Beam

61 - The Cure - a forest / Robert Smith, Simon Gallup, Matthieu Hartley & Laurence Tolhurst

62 - Ola Gjeilo - ecce novum / Ola Gjeilo

66 - Julian Lage - emily / John Mandel & John Mercer

67 - U2 - where the streets have no name / The Edge, Bono, Adam Clayton & Larry Mullen Jr.

70 - Soan - emily / Soan

71 - Vincent Delerm - l'heure du thé / Vincent Delerm

79 - Bob Marley & The Wailers - could you be loved / Bob Marley

80 - Olivia Ruiz - de toi à moi / Olivier Daviaud

86 - SYML - here comes the sun / George Harrison

87 - Glenn Miller - moonlight serenade / Mitchell Parish & Denilson Miller

89 - Sam Cooke - bring it on home to me / Sam Cooke

90 - Ben Mazué - 25 ans / Ben Mazué & Guillaume Poncelet

100 - Crystal Fighters - all night / Graham Dickson, Sebastian Pringle & Gilbert Vierich

101 - Paul Simon - kodachrome / Paul Simon

108 - Jon Batiste - what a wonderful world / George David Weiss & George Douglas

109 - Patrick Watson - here comes the river / Patrick Watson, Mishka Stein, Joe Grass & Jules Buckley

112 - Nemanja Radulovic' - indifférence / Joseph Colombo & Tony Murena

113 - Stephen Sanchez - until i found you / Stephen Sanchez

115 - Oasis - wonderwall / Noel Gallagher

116 - Sinéad O' Connor - nothing compares to you / Prince Rogers Nelson

121 - Anne Sylvestre - les gens qui doutent / Anne Sylvestre

122 - Nathan Ball - crazy

123 - Jimmy Cliff - many rivers to cross / Jimmy Cliff

124 - Pink Floyd - shine on you crazy diamond / David Gilmour, Richard Wright & Roger Waters

126 - Norah Jones - don't know why / Jesse Harris

127 - François-Joël Thiollier - Suite bergamasque, L. 75: III. Clair de lune / Claude Debussy

131 - Chœur du Concert d'Astrée, Orchestre du Concert d'Astrée & Emmanuelle Haïm - Messiah, HWV 56, Pt. 3 (3mn 19s) / George Frideric Handel

132 - Anthony and the Johnsons - bird girl / Antony Hegarty

133 - Ismaël Lô - tajabone / Ismaël Lô

134 - Julien Clerc - souffrir par toi n'est pas souffrir / Julien Clerc

135 - Santana - samba pa ti / Carlos Santana

136 - Zaho de Sagazan - la symphonie des éclairs / Zaho de Sagazan

138 - Jewel - foolish games / Jewel

139 - NightBirde - It's ok 141 / Jane Kirsten Marczewski

145 - Joe Cocker - you are so beautiful / Billy Preston & Bruce Carleton Fisher

146 - Sammy Davis Jr. - mr. bojangles / Jerry Jeff Walker

148 - Arthur Rubinstein - nocturnes, op. 15 : no. 3 in g minor / Frédéric Chopin

149 - Olafur Arnalds & Nils Frahm - 20:17 / Ólafur Arnalds & Nils Oliver Frahm

159 - Léonard Cohen - suzanne / Léonard Cohen

165 - Grand Corps Malade, Ben Mazué & Gaël Faye - Besoin de rien / Mosimann & Guillaume Poncelet

Les titres dont je parle

10 - Tubular Bells - Mike Oldfield / Mike Oldfield

18 - James Bond Theme - Monty Norman & John Barry / Monty Norman

19 - L'Assassinat du duc de Guise, Op. 128: Premier tableau - François-Xavier Roth & Les Siècles/ Camille Saint-Saëns

29 - Pennsylvania 6-5000 - Glenn Miller and His Orchestra / Jerry Gray, Carl Sigman & William J. Finegan

50 - Victory Is Mine - Dorothy Norwood

76 - Requiem Op. 48: III. Sanctus - Orchestre de Paris & Paavo Järvi / Gabriel Fauré

78 - Karin Redinger - Laurent Voulzy / Laurent Voulzy

81 - In a Sentimental Mood - Duke Ellington & John Coltrane / Duke Ellington

88 - Je t'aime moi non plus - Jane Birkin & Serge Gainsbourg / Serge Gainsbourg

92 - Break On Through (To the Other Side) - The Doors / Jim Morrison, John Densmore, Ray Manzarek & Robby Krieger

91 - Highway to Hell - AC/DC / Angus Young, Bon Scott & Malcolm Young

93 - Rocket Man - Elton John / Elton John & Bernie Taupin

À propos de l’auteur

Un air fredonné dans sa chambre ou bien sous un abribus,
Les mots qui s'invitent et s'inventent, pas besoin de beaucoup plus,
Appelle ça de l'art brut de l'art sauvage, appelle ça de l'art nu,
Quand ta scène est un champ, un voyage ou un banc au bout de l’avenue.
Un banc au bout de l'avenue devient un désert ou lagune,
Enfants de la lune ou de la rue, bal poussière mélopées du bitume,
Nos voix traversent l'espace, les frontières imposées,
Des mots claquent dans l'air en tonnerre, pour ne jamais retomber.
Pour ne jamais retomber dans nos plus mauvais travers,
Rester dans la vraie vie ancrée, oublier les métavers,
Se satisfaire de très peu et voir ce que l'on devient,
Regarder le vrai dans les yeux et n'avoir besoin de rien.
N'avoir besoin de rien sauf de mes rimes et de mes frères de plume,
On se détache de tout, donc on ne perdra plus,
Retirer l'armature, relier nos coeurs, nos esprits, nos âmes,
Autour d'un verre, d’un feu, d'un arbre à palabres.
D'un feu, d'un arbre à palabres, d'un jeu, d'une flamme bavarde,
Un vieux retard de ses larmes, une oeuvre d'art se balade,
Une oeuvre d'art innocente qui naît d'un esprit ignare,
Une lumière incandescente issue d'un souffle oratoire.
Issue d'un souffle oratoire, au commencement était la parole,
J'effeuille des bouquets de proses aux mélodies corolles,
Je chantonne des gospels de l'âme pour les grands enfants tristes,
Il est l'heure, messieurs, mesdames, que nos poèmes rentrent en piste.
Que nos poèmes rentrent en piste même s'ils ne trouvent pas d’oreilles,
Ils auront toujours le mérite de s’élever vers les soleils,
Vers les soleils et les lunes qu'ils auront eux-même inventés,
Ils se créeront leurs propres routes se sentant toujours indomptés.
Vers les soleils et les lunes qu'ils auront eux-même inventés,
Ils se créeront leurs propres routes se sentant toujours indomptés.

J'te connais toi t'es souvent triste,
T'es tout l'temps tendu,
Laisse aller tes pensées qui brisent ton moral,
Pour l'instant regarde moi,
Et jusqu'à c'qu'on soit séparés,

Rejoins-moi sur cette chorale.
J'te connais toi t'es souvent triste,
J'te connais, t'es tout l'temps tendu,
Laisse aller les pensées qui brisent ton moral,
Pour l'instant regarde moi,
Et jusqu'à c'qu'on soit séparés,
Prends l'instinct qui reste en toi,
Rejoins moi sans rien présager.
Pour l'instant regarde moi,
Et jusqu'à c'qu'on soit séparés,
Prend l'instinct qui reste en toi,
Rejoins-moi sans rien présager.
J'ai besoin de rien et j'ai tout donné,
Je vois au loin la vie qu'j'ai rêvée,
Je suis sur demain je vais la trouver,
Je vais la toucher cette vie je promets.
J'ai besoin de rien, je vais tout donner,
Les mauvais chemins tout recommencer,
J'ai besoin de rien,
J'ai besoin de rien,
J'ai besoin de rien,
J'ai besoin de rien.
Des mots éparpillés,
Quelques papiers,
Pour un art plié,
Sur le papier,
Pour les manier,
Et les marier,
A la voix qui est,
A la moitié,
Et les étaler,
Puis du papier,
Et c'est ça qui est l'outil manié,
Que le brasier,
Pour nous raviver,
Pas rassasiés,
Pour s’extasier,
Pour m’extasier,

J'ai besoin de rien,
Pour m'extasier,
J'ai besoin de rien,
Pour m'extasier,
J'ai besoin de rien.

J'ai besoin de rien,
J'ai besoin de rien,
J'ai besoin de rien,
J'ai besoin de rien.

Grand Corps Malade, Ben Mazué, Gaël Faye - besoin de rien